嫌われ者の【白豚令嬢】の巻き戻り。
二度目の人生は失敗しませんわ！

人物紹介
CHARACTER
アイザック・リストリア
第三皇子でソフィアの仮の婚約者。
ソフィアにアーンすることも、
してもらうことも好き。
ソフィア・グレイドル
グレイドル公爵家の令嬢。
転生後、処刑台を経て５歳から
やり直し人生を歩んでいる。
筋トレが趣味だがなかなか
痩せず……？
シルフィ
ソフィアと契約した
風の妖精。
天真爛漫な性格。
幼少期のソフィア

ジーニアス・エリシア
魔道具造りが得意な
稀代の天才。
真面目で照れ屋。
ファーブル・スティアート
多大なる魔力も持ち、
後に大賢者と言われる存在。
マイペースな性格。
リリ
グレイドル公爵家のメイド。
ソフィアの右腕として
働いている。

プロローグ

目が覚めると私は牢屋《ろうや》にいた。

「は？」

意味が分からない。何これ……私ちゃんとお布団で寝たよね？

寝てる間に誘拐《ゆうかい》された？　いやいやなんの為に？

ちょっと待って……一体何が起こってるの？　もしかして、何かのヤバイテロ事件に巻き込まれちゃった？　そんで私……殺されちゃう？

「あぐっ……」

ドンドン膨らむ想像が怖すぎて、思わず変な声がでる。

ふっふぅーっ。落ち着け私。テンパっちゃダメ、冷静に！

こういう時は大きく深呼吸して、気持ちをリラックスするの。

「すぅーーはぁーー」

大きく深呼吸した事で、少しだけ気持ちが落ち着いてきた。

辺りを見渡すが、この牢屋《ろうや》にいるのは私だけだった。それに牢屋《ろうや》といっても、土で作られた壁に鉄格子《てつごうし》が付いてるだけで、ハイテクのカケラもない簡易で不衛生なもの。

このIT時代に土の牢屋《ろうや》ってありえるの？

ここはどこなんだろう。なんで私は……って私!?

少し冷静になり自分の姿を見直すと、目に飛び込んできたのはボロボロに汚れた服!?

私は何を着てるの？　寝る時はいつもジャージって決めてるのに。

今の私は、中世ヨーロッパの人が着てるようなドレス？　を着てる。

なんで？　本当に意味が分からない。こんな薄汚れたドレスを私に着せて何をしたいの？

あれっ？　……何この体。服装にばかり気を取られていたけど……んん？

異様に太くない？

これでも趣味は筋トレ！　体のコンディションには、人一倍気をつかってきた自信がある。

だって愛する筋肉は私を裏切らないのだ。毎日のルーティーンに、その日の体調に合わせた筋トレを入れるほどに、私は筋肉を愛している。

そんな私に、こんなわがままボディはあり得ない！　っていうか許せない。

でも今の姿は、どう見ても……ぽっちゃりを通り越してこの姿は……デブ。

……それも、巨漢《きょかん》デブ。

「イヤァァァァァァ！」

「おいうるさいぞ！　おかしくなったのか！」

はっ！　思わず叫んじゃった……！

見張り……看守《かんしゅ》がいたの？　牢屋《ろうや》の外を見る余裕なんて全くなかったから、近くに人がいたなんて気付かなかった。

とりあえず謎の男性を看守《かんしゅ》（仮）としてだ。

彼は、外国の映画に出てくる騎士みたいな服装をしている。

もしかして……これは映画のセットとか？　看守《かんしゅ》の人の顔も、どう考えたって日本人には見えない。って事は、私のこの太い姿は特殊メイクとか!?


——いやいや。


冷静に考えて、私に特殊メイクをしてなんの利点がある？

どう考えても……何故私がこんな姿で牢屋《ろうや》に閉じ込められているのか、意味が全く分からない。

このまま一人で悩んでも仕方ないし、これはもう看守《かんしゅ》役の人？　に聞いた方が早いよね。何か教えてくれるはず。

「あの、すみません……私はなんで牢屋《ろうや》に入れられているんですか？　なんの役でこんな姿に……」

「はぁ？　何を今更……アレだけの悪事をしてよく言えるな？」

看守《かんしゅ》は私の質問を最後まで聞かず、言葉を被せるように言い放った。

「あっ……悪事？　ですか？」

何を言っているの？　聞き間違いだろうか？

私が状況を理解してないと思ったんだろう。看守《かんしゅ》は呆れた顔をして、大きくため息をついた。

だって、悪事って言われても！

私は今まで誰かの為に良いことをすることはあっても、嫌がることとなんてした記憶がない。

それがなんで悪事？　理解出来ないのは当たり前だと思うけど？

……っていうか、特殊メイクしてもらった記憶もないし……

もしかしてなんらかの理由により、記憶が抜け落ちているのだろうか？

……あり得る。だとしたら怖すぎる。

とりあえず、この特殊メイクで太くなった自分の姿を、鏡で見ておきたい。

「あっ……あのう？　すみませんが手鏡を貸して頂けませんか？」

「なんだ？　急にしおらしくなって。そんな太った姿わざわざ見なくてもなぁ……はぁ、何が楽しいんだか」

看守《かんしゅ》さんはブツブツ文句を言いながらも、鉄格子《てつごうし》の奥にある壁にかけられた鏡を指差してくれた。

私は自分の姿を確認するために鏡の近くまで歩き、必死に自分の姿を映す。

「はっ⁉」

するとそこに映っていたのは、全く知らない顔だった。

「だっ誰よーーー⁉」

「おい！　叫ぶなっ……って大丈夫か⁉　おい！」

あまりの衝撃に遠のく意識の中……私の脳内に全く別人の記憶が入ってきた。

走馬灯《そうまとう》のように、幼い頃から今に至るまで。生涯の記憶がたっぷりと。

伝記映画を見ているかのようにスクロールされていった。

◆

ガッバァ！

はっはぁ……

「わぁっ！　突然気絶するからビックリしたぜ。処刑の前に死んじまうのかと思ったよ」

突然起き上がった私に驚きながらも、鉄格子《てつごうし》越しに看守《かんしゅ》さんが心配そうに声をかけてきた。

「……もう……大丈夫です。ご心配をおかけしました」

はぁーーー！　あー！　分かった。色々と分かった……！

分かりたくないけど、分かってしまった！

私は何故か【ソフィア・グレイドル】という女性の体に乗り移ったみたいだ。

なぜ乗り移ったのかは否！　全くもって分からない！　身に起きている全てのことが理解不能だ。

でも、現に私は今、ソフィア・グレイドルなのだ。

悪い夢なら覚めて欲しい……

だって、彼女の記憶を見るかぎり、この女は屑なのだ。屑の中の女王だ！

なんでよりにもよってこんな女に……この体から出て、元の自分の体に戻る事が出来るんだろうか？

それに、私がいるこの世界は地球じゃない。魔法が使えるファンタジーな世界！

そもそもの世界が違うのに、なんで私がソフィアの体に入ってしまったのだろう。

分からないことだらけだけど、分かったことも一つある。

そう、私が今、牢屋《ろうや》にいる謎が分かってしまった。

流れ込んできた記憶によると、屑のソフィアは、この国の第三皇子・アイザック様に幼少期に出会うと、その見目麗しい姿に一目惚れをした。それから結婚したいと猛アタックしたものの、この見た目に性格の悪さも相まって、皇子には全く相手にされず。

そりゃそうだろ……。だけど、どうにか皇子を手に入れたいと考えたソフィアは、稚拙《ちせつ》な悪知恵を働かせ、様々な悪事を企てたようだ。

最終的に、アイザック様と親密な関係にあった令嬢・アイリーンの暗殺を計画したが……頭もオバカなソフィアが計画した作戦など成功する訳もなく、失敗してすぐにバレてしまった。

さらには、その他もろもろの悪事がポロポロと出るわ出るわ……で今に至る。


——そして明日は公開処刑の日、私は斬首《ざんしゅ》され死ぬ。


何これ！　ひど過ぎる。確かにこのソフィアは屑だけど！

でも私はソフィアじゃないし、もちろん何もしてない。突然ソフィアの姿になっていただけ！

でもそんな事を話したとして誰が信じてくれる？

処刑を恐れておかしくなったって言われるだけ。

悪夢なら早く……今すぐ覚めてほしい。そう願い、何度も顔を両手で叩くも痛みだけが残り、これは現実なんだと思い知らされる。

この体から抜ける方法を……考えろ！

斬首《ざんしゅ》までのリミットは二十四時間を切っている。

◆

結局……何も思いつかないまま処刑の日がきた。

魂の抜け出し方とか？　私に分かるわけないじゃんかー！

っと大声で叫びたい。看守《かんしゅ》さんに怒られるからやらないけれど。

そんな私は今、両手首に手錠をつけられた上に、体をロープでぐるぐる巻きに縛られ、長いロープで引っ張られながら歩いている。犬の散歩じゃないんだから！

もう今更どこにも逃げないし、ってか逃げようもないし。こんなに縛らなくてもいいと思うんだけど。

暗くて長い廊下を歩き終わると、眩い光が頬をさす……

「まぶし……！」

ずっと暗い牢屋《ろうや》にいたからか、とても眩しく感じる。空を見上げたのち周囲を見回すと、歴史の授業で習ったローマ帝国円型闘技場『コロッセオ』みたいな場所に私は立っていた。

「何ここ……⁉」

二階にある観客席には犇《ひし》めき合うように人が溢れており、耳を澄ませば、ソフィアに対する罵声《ばせい》が飛び交っている。

ここにいる人々は、ソフィアが死ぬ瞬間を心待ちにしているようだ。

私はソフィアじゃないんだけど……

この憎悪や敵意が全て自分に向けられてると思うと胸が苦しい。今までこんなに大勢の人達から悪意を向けられたことなんてないから、これは流石にキツい……

ん？　……冷たい雫が頬をつたう。

……涙？　私は知らない間に泣いていたようだ。

だが泣こうが喚こうが、処刑の準備は着々と進んでいく。

いつの間にか私の首は、鋭利《えいり》な刃物がついた、見た事もない道具の上に載せられていた。上に見えるあの刃物が落ちてきたら、私の首なんて一瞬で体から切り離されるだろう。

ふと、二階席にある一際豪華な客席が目にはいる。

そこには第三皇子のアイザック様が、ゴミでも見るような軽蔑《けいべつ》の眼差しで私を見つめていた。

その腕にギュッと抱きつく婚約者のアイリーン様。

さらには次期宰相《さいしょう》と言われている稀代《きたい》の天才ジーニアス様、魔法師団長ファーブル様、次期騎士団長の剣聖《けんせい》アレス様が忌々しげに私を見ていた。

魔法学園の優等生達が勢揃いし、私の処刑を心待ちにしているようだ。

そんな蔑《さげす》むような目で私を見ないでよ！　そりゃソフィアは屑だけど……私は違うんだから。

まぁ？　そんなことを思ったところで意味ないか。

だって今は、私が屑ソフィアなんだから。

私に対する罵声《ばせい》も、最高潮に盛り上がる。

ここにいる人達は、そんなにも人が死ぬのが楽しいのか！

神様なんていやしない！　いたら一言文句言いたい！

なんですぐに殺されるような女の体に私の魂をいれたのか！

「神様のばかやろー！」

『本当に申し訳ない！　すまなんだ！』

何？　突然脳内に声が聞こえてくる。

その代わりに、あれだけ聞こえていた罵声《ばせい》が全く聞こえなくなった……

何コレ？　痛みとか全くなかったけど……もしかして私は死んじゃったの？

『死んではおらぬ！　こちらを見よ？』

「はっ？　死んでないって言った？」

『そうじゃ！』

何？　この、脳に直接聞こえるような声は。私は恐る恐る目を開けた。

「ひゃわっ！　ここどこよ？」
『神界じゃ』
目の前には、何もない真っ白な空間がどこまでも広がっていた。
どーいう事⁉　私はさっきまで処刑場にいたはず……
それがなんで？　ここは一体どこ？
『まぁ、落ち着くのじゃ！　そしてワシの話を聞いてくれんかの？』
「あっ！　あわ……貴方は？」
真っ白な空間に、異様な程に光り輝く美しい男性が目の前に立っていた。
『やっと話を聞いてくれるようだの？　ワシはこの世界を創った創造神じゃ！』
創造神？　世界を創った？　なんか凄い神様？
『そうじゃ。ワシは凄いんじゃ！』
ん？　心の声が聴かれてる？
『それでじゃ。おいっ、リリア？　コッチに来い！』
『はぁい……リリアです。一応この世界の女神です』
色っぽいお姉さんが、急に姿を現した。
ええ？　女神様？　に創造神様？　意味が分かんない。
私になんの用があるっていうの？　なんだかこの場所も怖いし。
『……ちょっと落ち着いてくれんか？』

「あっ……はい」

創造神様が少し困った顔で私を見る。

仕方ないじゃない。急にこんな訳の分からない所にいるんだもん。

『お主は元の世界で、自分が死んだ事は理解しておるか？』

はぁ？　死んだ？　私が？

そんな事あるはずない！

『はぁ……そこから説明が必要か……』

私の返事を聞いて、創造神様は少し呆れたようにため息をはいた。

『お主はな？　家で秋刀魚《さんま》を焼いていたのじゃ。それは覚えているか？』

秋刀魚《さんま》？　あっそうだ。新鮮な秋刀魚《さんま》をお兄ちゃんが送ってくれて、嬉しくてその日は旬の秋刀魚《さんま》を炭火焼きをして……あっ！

『気付いたか？　そうじゃ、お主は部屋の中で炭火焼きをし、一酸化炭素中毒により死んだんじゃ！』

なんてバカな死に方！　はぁ……なんで換気しなかったの？

自分のバカさ加減に呆れる。室内で炭火焼きして……換気を忘れるとか。

はぁ……なんて間抜けな死に方してるの……くぅう……恥ずかしい。

『身悶えてるところすまぬが、話を進めていいかの？』

ひゃわっ！　そうだった、創造神様には心の声がダダ漏れだった。恥ずかしい。もうヤダ……

『お主は亡くなった。そこで魂の転生を行うんじゃが、此奴がミスをしての？　本来入るはずじゃった体とは違う体に、其方の魂を入れたんじゃ！』

は？　ミス？

『ゴメンねー？　ワザとじゃないんだよ？　てへっ』

女神リリアがペロッと舌を出し頭を傾げた。

謝ってるけど……本気で反省してないよね？　創造神様に言われて、嫌々謝ってるのが態度で分かりますけど？

『そっそんな事ないもん！　私は反省してますぅ』

女神リリアが口をプウと膨らませ、反省していると訴える。

そういうところだよ！　全く反省してないじゃん。

私が男だったらこの態度を見て許すのだろうか？

見た目だけは超絶に美しいし。中身は空っぽみたいだけど。

『なっ！　私は空っぽじゃないですぅ』

女神リリアが体をくねらせる。はぁ……頭が痛くなってきた。

私はこのおバカ女神のミスで殺されたって事？

『正確には殺されかけたんじゃ！』

殺されかけた？　どーいう事？　意味が分かんない。

『あの処刑場で死ぬ前にワシが時を止めた。じゃからお主はまだ死んでおらん。あの時に魂の入れ間違いに気付いたんじゃよ。それで急いで時を止めたんじゃ！』

そうなんだ……でも時を戻したらどうなるの？

『お主は首を切られて死ぬ』

何それ！　何も良くなってないじゃん！

死ぬのを先延ばししてるだけだよね？

『じゃから……ワシから提案があると言うておるのじゃよ。落ち着いて話を聞いてくれんか？　もうその体にお主の魂は定着してしもうた。じゃから、お主の魂をその体から取り出す事は死ぬまで不可能なんじゃ。じゃが今の記憶を持ったまま、過去に戻り一からやり直す事は可能じゃ』

記憶を持ったまま、過去を一からやり直す……？

それって、屑ソフィアや今の私、どっちの記憶も持ったままって事？

『そうじゃ。過去のソフィアの記憶もあるという事はじゃな？　起こり得る未来も分かる』

そうか！　私が嫌われるような事をしなければ、いいのね。屑ソフィアがどんな事をして嫌われていったのかは、鮮明に記憶にある。偏ってはいるだろうけど。

『理解してくれたかの？　魂の巻き戻りは五歳を予定しておる』

五歳……生まれてから五歳までは元の魂の性格って事よね？

流石に五歳なら悪さなんてしてないはず。

それにしても私の魂が屑ソフィアの体に入ったあと、屑ソフィアの魂はどうなってしまうの？

『ソフィアの魂は悪事を働きすぎた。五歳で魂を入れ替えた後は魂浄化の間に千年間入ってもらう』

魂浄化……どんな事をするのか分からないけど、千年って途方も無い時間よね。

まぁそれほどに悪い事をしているから自業自得だけど。

『それと、お詫びに其方に力を与えよう。どんな力が欲しい？』

どんな力？　そんな事を急に言われても……

あってもまた、何かの手違いで殺されるかもしれないし……殺されないためにも、ゲーム好きの友達がよく言っていた、チート能力ってのは欲しいなぁ。

『チート能力？　ふうむ？　チートとはなんじゃ？』

えーっと？　んん？　なんだろ……？

よく考えたら私も知らないや。こんな事なら体を鍛えるだけじゃなくて、ゲームとか色々なことをしておけば良かった。思い出せ！　友達がなんて話してたか……

あっ！　そうそう！

魔法がすごいとか……なんでも入るアイテムボックス？　とか……何かあっても殺されないように戦える強さとか？　また断罪された時のために。

そうすると怪我した時にすぐに治せる力も欲しいし……

『分かったのじゃ！　それが【チート能力】というんじゃな？　お主にはすまぬ事をしたからのう。全部与えよう。それにワシの加護も付けてやる』

創造神様の加護？　なんか凄そうだ。

『ふふっ。この世界でワシの加護を持っておる人間は其方が初めてじゃ。かなりレアじゃ』

そう言って創造神様は悪戯っぽく微笑んだ。

『では、五歳からの人生やり直しを頑張るのじゃぞ?』

ありがとうございます!

次は絶対に断罪処刑なんてされないんだから!

第一章　ソフィア五歳

目が覚めると私は、豪華な天蓋《てんがい》付きのフカフカのベッドで寝ていた。

さっきまで創造神様とお話ししていたのが嘘のよう。

柔らかな肌触り最高のお布団に顔を埋める。

……不衛生な牢屋《ろうや》とは大違いだ。

牢屋《ろうや》で寝ていた感覚を、未だに体が覚えていて、少し泣きそうになる。

「さてと、お部屋を探索しますか」

私にとっては初めてのお部屋なのに、屑ソフィアの記憶もあるから懐かしくも思う。なんとも不思議な感覚。

部屋をクルリと見回すと、二十畳は余裕である広い部屋、ヨーロピアン調の高そうな家具や調度品。うん……お金持ちの部屋って感じだわ。

私はベッドから降り、大きな姿見の前に立つ……はっ？

ちょっと待って……!?


——もう太いの!?

鏡に映っているその姿は、愛らしさはあるものの……五歳児とは思えない太さ。

なにこの身体。


——あーっ、そうだった。


新たに五歳までの記憶が脳内に入ってくる。ソフィアは、何をするにも自分で動かず、全ての行動をメイドに抱っこされたまましていた。

はぁーそりゃ太るよ！　だって自分で歩かないんだもん。

それに今普通に立ってるだけなのにキツい……脚がプルプルと小刻みに震えている。

はぁ……この体力のなさは、これは筋トレ以前の問題だ。

今日はどれだけ歩けるか試してみよう。立ってるだけでもキツいこの体……どれだけ歩けるやら。

「ソフィア様！　ご自分の足で立って!?」

メイドのリリが慌てて私のところに走ってくる。リリはソフィアが足にしていたメイドだ。

「申し訳ございません！　ソフィア様をご自分の足で立たせてしまうなんて！」

リリが私の前で震えながら平伏した。

はぁー……五歳児にして屑のソフィアは、何かあるたびにリリの失敗を両親に言いつけ、リリを叱咤《しった》させていた。

ソフィアはその姿をこっそり覗き見て楽しんでいたのだ。五歳にして屑が出来あがってる。

リリは五歳児のソフィアに怯えている。普通ならあり得ないよ……

「あにょ……わたち……怒っちぇないから」

怯えるリリを落ち着かせようと発言したら。

嘘でしょ……!?　五歳児なのにまともに喋る事も出来ないの？　呂律《ろれつ》が回らない。

そうだった。ソフィアは喋る事も億劫《おっくう》で、殆どの会話を、頭を縦にふるか横にふるかですましていたっけ……

五歳なら余裕でやり直し出来るって思ってたけど、なかなかソフィア・グレイドルは手強い。

「あにょね？　リリはしょんなことしなくていいよ？」

「……えっ？」

頭を下げていたリリがビックリした顔をし、顔を上げて私を見る。

「わたちは今日から生まれかわりまちゅ！　だからもう、リリの抱っこはいりましぇん」

「ソッ、ソフィア様……私はもう要らないと？」

リリが涙目で私を見上げる。そうか、クビにされると勘違いしちゃうよね。

「ちちっ、ちにゃうよ。リリはわたちとこれから、おしゃんぽに行くんでちゅよ！」

「……散歩？　ですか？」

リリは言ってる意味が分からないと、ポカンと首を傾げる。

「しょうよ！　わたちは太りしゅぎてるから、やしぇるために歩くの」

「ソフィア様……では私は散歩にお付き合いすれば宜しいんですね！」

「しょうでちゅ！」

はぁ……まともな会話がしたい。これからは滑舌練習も必要だ。

「じゃあ今から行きまちゅよ！」

「はいっ！　分かりました」

私はリリの手を握り、一緒に屋敷を歩いていく。自分の足で歩いている私が余程不思議なのか、すれ違うメイド達は皆、目をまんまるにして驚いていた。

五分程歩くと、私は歩けなくなってしまった。

五分！　たった五分で！　あまりにも悔しくて涙がでた……

「ソフィア様⁉　どこか痛いんですか？」

涙を流す私を見て、リリが心配そうに抱き上げる。

今までひどい仕打ちをされていただろうに、ソフィアのことを心配してくれるなんてリリはとても優しい女性だ。はやく一緒に散歩できるようになりたいな。

「だいじょぶ……くやちいだけ」

今日の私の運動は、五分歩いて終わった。屋敷の庭園にさえ行けなかった。

リリに抱っこされ、部屋のベッドに戻った。

◆

「んふふっ。可愛いソフィアちゃんのために、今日もいーっぱい美味しい料理を用意しましたよ」

「これも食べなさい。ソフィアの大好物だろ？」

私の前に座るお父様とお母様がニコニコと微笑みながら……脂ぎった肉料理を勧めてくる。

ソフィアが太った原因はこれだ。

ソフィアに甘すぎる両親。

王族の次に権力を持つ四大公爵家の一つ、【グレイドル公爵】。

お父様アレク・グレイドルは宰相《さいしょう》の仕事をしながら領地経営もこなす、有能で仕事が出来る男性だ。宰相《さいしょう》として人々の信頼を集め、領地経営も順調でグレイドル領はかなり潤っている。

お母様とも仲睦《なかむつ》まじく長所ばかりのお父様だが、とある致命的な短所があった。

この父親アレクは、一人娘のソフィアにとことん甘く、娘の望みならばなんでも言う事を聞いてしまうのだ。

来たる未来、お父様はソフィアのせいで宰相《さいしょう》の仕事を退き、順調だった領地経営も傾むかせてしまう。でも、ソフィアの願いを叶えるためにはお金が必要……

そしてお父様はお金を手に入れるために悪事に手を染めるのだ。

はぁ……全部ソフィアのせいじゃない。

今も可愛いソフィアの好物だからと、両親は脂ぎった料理ばかりにこにこと勧めてくる。

もちろん両親の姿は巨漢《きょかん》デブ……ソフィアが喜ぶ食事を一緒に食べていたせいで、こんなに太ったのだ。全ての元凶はソフィアだ。

私自身が変わらないと、両親も、来たる未来も変わらないだろう。

今度は自分の人生だけじゃなくて、絶対周りも幸せにしてみせるんだから！

まずはこの両親と一緒に、健康のためにもダイエットしなくては。

「あのう……お父しゃま？　このお食事も美味しいでしゅが……知ってましゅか？　美味いものには毒がありゅこちょを」

「なっ？　愛しいソフィア？　急に何を言い出すんだい？　毒？」

お父様が目をパチクリさせる。

「お父しゃまのそのしゅがた！　カッコいい服がぴちぴちでしゅよ？」

「ふぬっ……確かに少し太ったかも……」

そう言って自分のお腹を撫でるお父様。

「しゅこしじゃないんでしゅよ！　デブ、醜いんでしゅ！　いっちょにダイエットしましゅよ？」

「えっデブ？　ソフィア？　今私を醜いって……言わなかった？　ダイエットってなんだ？」

「そっ、ソフィアちゃん？　何を言って⁉」

お父様とお母様が動揺のあまり立ち上がる。

「何もないでしゅよ！　とりあえずデブのお父しゃまとお母しゃまは、わたちといっちょに健康のためのダイエットをしゅれば良いんれしゅ！」

そう言ってビシッと天を指差した。それを見たお父様達は頭を何度も上下させ頷いていた。

私の熱い気持ちが伝わったのかな？

とりあえず先の目標は決まった。両親と私のダイエットだ。

明日からは食事メニューにも口を出さないといけない。

今日は早めに寝て明日にそなえよう。

◇

「聞いたか？　私の事をお父様と初めて呼んでくれた！」

「私の事もお母様と！　はぁ……こんなに嬉しい事はないわ」

「本当に！　……グスッ」

「幸せだ……」

グレイドル夫妻は嗚咽《おえつ》し、お互いを抱きしめ合あって喜びを噛み締めている。

それほどに二人は、ソフィアが自分達を見て、話してくれた事が嬉しかったのだ。これまでのソフィアは何をしても頷くだけ、話すと言ったら癇癪《かんしゃく》をおこして怒る時だけだったのだから。

「……ねぇ、ところでアレク？　今まで殆ど喋らなかったソフィアちゃんが、突然喋りだしたと思ったら……ダイエットって何かしら？」

「私にも分からないが、可愛い私達の天使ソフィアが言ってるんだ。分からないが付き合ってみよう」

「そうねっ、やっと授かった私達の天使が話してくれたんだから」

グレイドル夫妻は、なかなか子宝に恵まれなかった。

十五年待ってようやく授かったのが、ソフィアなのだ。

グレイドル夫妻がソフィアを溺愛する理由。

それはソフィアが【やっと授かった子供】だからなのである。

◇

ホイッチニーシャンシ。ニイニッシャンシ。

グレイドル家の朝はこの奇妙な掛け声から始まる。

私はあれから前世日本で培ったダイエットを、色々と試してみたが、どれも無理だった。

何故ならソフィアの体が、見本として全く動けないのだ。両親に教えることなどとても出来ない。

ヨガや流行りのダイエットダンスなど、色々と試したけどソフィアの体は手強かった。ヨガに至っては体が硬すぎるのと、お腹のお肉が邪魔してどうにもならなかった。

くそう……どこまでも邪魔してくるソフィア・グレイドルのわがままボディ。

唯一ソフィアでも出来たのが……日本全国民老若男女が毎朝行うアレである。

ラジオ体操だ。

「ふうっ……今日も良い汗をかきましたわね。ソフィアちゃん考案の体操は、私でも簡単に出来ますし、それになんだか楽しいですわ」

「ふふっ、本当にね。私はズボンが少し緩くなってきたよ」

ラジオ体操を皆で始めて一週間……ご飯も野菜中心に変えた。

お父様とお母様の体型に早くも変化が現れてきたようだ。

私も毎日ラジオ体操を朝昼晩と頑張ったおかげで、今なら自分で庭園まで余裕で歩ける。

まだ体は一向に痩せてないけどね。

ふふっ……これで悪事を働かなければ私は平穏に暮らせるはず。

ふぅ……朝の運動を終わらせて部屋に戻ると、ソファーにダイブした。

そこにすかさずリリが部屋に入ってくる。

「ソフィア様、デトックスティーをお持ちしました」

「ありがちょ、リリ。チェーブルに置いちょいてくらしゃい」

リリが持ってきたデトックスティーは、私が考案した飲み物。

この屋敷の裏にある、グレイドル家所有の大きな森には、色々なハーブが沢山生えていたのだ！

たまたまリリに抱っこされて森まで行った時に、生い茂ったハーブを数種類発見して興奮したなぁ。

しかも見た目は日本のハーブと全く同じ！　名前が一緒かどうかは分からないけどね。

この世界の食物は、地球のものと似ているのだ。名前や形は少し違ったりするけど。

私がハーブをニコニコと集め、屋敷に持って帰って来た時、お母様は「その草どうするの？」と不思議そうに見ていたが、ダイエットに効くと分かると、今は毎日必死に飲んでいる。

デトックスティーとは、水にハーブや野菜、フルーツを入れて作る前世で流行っていた、デトックスウォーターの事。

私も前世では、その日の体調によってマイボトルに入れる種類を変えて、よく作っていた。今はもっぱら浮腫《むく》み解消メインで、ハーブ多めのデトックスティーを作ってもらっている。

そういえば……創造神様がくれたチートスキルって結局は何をくれたんだろう？

まだこの姿になってからダイエットしかしてない。まぁダイエットと呼べる程の事をしていないけど……

アイテムボックスとかの機能はちゃんと付けてくれたのかなぁ？

ん⁉　頭の中でアイテムボックスって考えたら、目の前の空間が歪んだ……これってもしや？

私は机に置いていた本を歪んだ空間に入れてみる。

「消えた……！」

凄い凄い！　異世界って感じだよ！

しかも収納したアイテムは目の前に画面が出てきて何が何個収納されているのか、分かるようになってる。なんて便利なんだろう。

「やっちゃー！　チートらっ！」

嬉しさのあまり、叫びながら両手を握りしめる。

他にもどんなチート機能があるんだろう。創造神様に何をお願いしたっけ？

うーん……。自分の能力が分かったら良いのに。なんか出ろ〜。

ヴォン！

「あや⁉」

いきなり目の前にステータス画面が現れる。

【ソフィア・グレイドル】
種族　人族
性別　女
年齢　５
体力　Ｆ（Ｓ）
魔力　Ｆ（Ｓ）
攻撃力　Ｆ（Ｓ）
防御力　Ｆ（Ｓ）
スキル　全属性魔法　炎Ｌｖ．１　水Ｌｖ．１　雷Ｌｖ．１　風Ｌｖ．１
土Ｌｖ．１　光Ｌｖ．１　闇Ｌｖ．１　聖Ｌｖ．１
アイテムボックス、錬金術

加護　　創造神デミウルゴス　女神リリア

ちょっ！　何これ……よく分からないけれど、多分チートだよね？
魔法は全種類使えるみたいだし……
ステータスの体力とかのFとかカッコSとかってなんだろう？
ついタッチパネルの癖で画面に触ると……
「わっ！」
細やかな説明が出てきた。
Fは現在地のステータス。Fは一番低ランク。
カッコ内は上限値。この上限値は人により異なる。最高ランクはS。
上限値全てSだけど……これって鍛えたら私最強って事？
Sまで鍛えたら絶対殺される事ないよね？
痩せたら筋トレ頑張らなくちゃ！
なんか上手くいきそうだよね？　よし！

◆

「ホイッチニーシャンシッニイニッシャンシ！」

グレイドル公爵家の朝は、今日も謎の掛け声でスタートする。

「はぁーっ。今日もいいあしぇをかいちゃなぁ」

「もう毎朝の日課になりましたね。ソフィアちゃんがダイエットって言った時はなんの事かと思いましたが、毎朝のこの運動のおかげで体の調子がよいんですわ」

「本当にね！　仕事の前に運動するなんてどうかなと思ったけど、逆にスッキリして仕事が捗ってるよ！　さすがは私達の天使ソフィアだね」

お父様が私を抱きしめ、頬にスリスリと顔を寄せてくる。

初めは両親と近しいメイドのみで行っていたこの体操。

今やこの体操はグレイドル公爵家総出で行う朝の一大行事になっている。庭園にて皆で声を出し体操しているのだ。

屑ソフィアの記憶から考えると信じられないほど、今のグレイドル公爵家は平和だ。

最初はどうなることかと思っていたけれど、きちんとコミュニケーションをとって、相手の事を思って接していれば、そうそう破滅の道へと進むことはないだろう。

うん、皆で幸せになるぞ！

体操が終わると、怠慢《たいまん》なソフィアの体は疲れてしまい、直ぐには動けない。

くそう……ラジオ体操するだけで休憩が必要なんて、なんてわがままボディなの！

これでも以前と比べたら、はるかにマシになった方だけど。

いつもは体操が終わるとリリに部屋まで運んでもらうんだけど、今日は中庭の中央にあるガゼボにてのんびり寝転がっていた。

これでも大分成長したよね？　初めはラジオ体操をするだけで一時間も動けなかったんだから。

「ふう……かじぇが気持ちいいれしゅね」

ガゼボに心地よい風がふんわり入ってくる。

ん？　あれは何？

楽しそうに飛んでいる、手のひら程の小さな子供がいる……

私がガゼボから身を乗り出してその子供に近付こうとすると。

「ソフィア様、危のうございます！」

私の横に仕えていたリリに抱き上げられた。

「リリっ！　ありぇ！　あしょこにいるありぇ」

リリに小さな子供が飛んでいると必死に説明するも、リリには見えないのか、一向に理解してもらえない。

「ソフィア様？　あれ？　雲ですか？」

あんなにキラキラ光って目立っているのに？　なんで見えないの？

もしかしてこれも、創造神様がくれたチート能力の一つ？

あの小さな子供はなんだろう……ジッと見つめていると、ヒュンッと私のところに飛んで来て顔の前でピタッと止まった。

「わっ！」

思わず声が出た。

『にししっ。やっぱり見えてるんだな！　さっき目があったもんな』

小さな子供が楽しそうに笑う。

「しゃべった……」

「ソフィア様？　どうされました？」

突然私が何もないところに向かい、驚いたり話しかけたりしているので、リリは少し不思議そうに私を見る。

「あにょ……ちいしゃな子供が」

「小さな子供？　どこにいるんですか？」

リリがキョロキョロと辺りを見回す。小さな子供はワザと、リリの顔の周りを飛んでいる。

『くくっ。普通は見えないよな』

「あなたはだあれ？」

『んん？　オイラか？　オイラは風の妖精シルフィさっ……なんて言っても声までは聞こえないだろうけどな』

「シルフィ……かじぇのようしぇい」

『なっ……お前！　見えるだけじゃなくて、オイラの言葉まで分かるのか？』

「分かりゅ」

私は大きく頷く。

『すげえっ！　オイラ達妖精の言葉が分かる人族なんて久しぶりに会ったよ！　わぁ、嬉しいなっ』

シルフィはくるくると、楽しそうに私の周りを飛び回る。

リリは一人で楽しそうに話す私の姿を首を傾げ不思議そうに見た後。

「ソフィア様？　そろそろお部屋に戻りましょう」

リリが私を抱き上げ、部屋に連れ帰ろうとしたら。

『待ってよ！　どこに行くんだよ』

シルフィが私の後を追って、部屋について来た。

「では、お飲み物を用意してきますね」

リリはソファーに私を座らせると、デトックスティーを作りに部屋を出た。

シルフィがふわりと私の肩に乗り、再び話しかけてきた。

『なぁ？　お前はなんだ？　纏《まと》う魔力が甘くて美味そうだ』

「魔力が甘い？　わたちの？」

『ああっ。人族でこんなにも極上の魔力を纏《まと》うヤツはいない。それに話せるヤツもな？　エルフ族や竜人族には、そんなヤツもいっぱいいるがな』

「そうにゃんだ……」

これもきっと創造神様がくれた力に違いない。屑ソフィアの時はこんな事なかったもの。

『よっし！　お前なんだか面白そうだし！　契約してやるよ』

風の妖精シルフィが契約しようと言ってきた。

なんの？　契約したらどうなるの？

「けえやく？　しちゃらどうなるにょ？」

『ふふん？　オイラと契約したら風魔法のレベルが上がるし、オイラはお前の魔力を貰える。いしし
しっ、どっちもお得だろ？』

「おちょく……」

風魔法のレベルが上がるのは嬉しい。でも契約なんてして大丈夫なんだろうか？

『それに空だって飛べるぜ？』

空を飛べるだって？　なんて素敵なの。それなら体力切れで動けなくなっても、リリに抱っこし
てもらわなくて大丈夫だわ。

悩んだって仕方ないよね。こんな時は直感を信じるのみ。

「けえやくしゅる！」

『そう来なくっちゃ！』

シルフィは指をパチンッと鳴らし、私の額にキスをした。

次の瞬間、あたたかい何かで体が満たされていく。

「あちゃちゃかい……」

『これで契約完了だっ！　よろしくなえ～っと？　名前は……』

「ソフィアよ」

『ソフィア！　オイラの事はシルフィって呼んでくれ』

「よろちくシルフィ」

『じゃっ魔力頂きまーすっ！　うんまっ！　想像以上に美味い！』

魔力が美味い？　よく分からないけど、シルフィは私の頭の上で転がってご満悦《まんえつ》だ。

なんだか面白い仲間が出来たなぁ。

◆

夜のディナーを食べていると……お父様がとんでもない事を言い出した。

「今度、王家主催のガーデンパーティーがあるんだよ。それは子供達の顔合わせも兼ねていてね。まだソフィアは他の公爵家の子息達にあった事がないだろう？」

「まぁ！　顔合わせの日程が決まりましたのねっ！　これは可愛いドレスをソフィアちゃんに作らないと！　忙しくなりますわ」

お父様とお母様が嬉しそうに話してるけど、王家主催のガーデンパーティーとはソフィアがやらかす一番初めの屑イベントだ。とうとう、破滅への第一のフラグがきたということね。

はぁー……。出来る事なら行きたくない。

「ソフィア？　どうしたんだい？　そんな難しい顔して」

お父様が心配そうに私を見る。どうやら考えている事が、マルッと顔に出ていたみたいだ。

「あにょっ！　しょれは行かないとダメれしゅか？」

「どうしたんだ？　何が嫌なんだい？」

何が嫌って聞かれても、断罪されるのが怖いからなんて言える訳もないし。

「嫌とかではないんでしゅが……まだ太いれすし……もうちょっとやしぇてからの方が……」

「そんな事を気にしてるのかい？　ソフィアは太っていても可愛いよ。私の天使だからね」

お父様はそう言って私の頭を優しく撫でた。

「はあい……」

うーん、やっぱり行かないとダメか。

だってソフィアはパーティーの主役だからね。

そう、王家主催のガーデンパーティーと言っているが、それは表向きのこと。

これは実は、顔合わせという名のソフィアの未来の旦那様を決めるためのものなのだ！

グレイドル公爵家には、一人娘のソフィアしかいない。お父様はお母様を溺愛していて、第二夫人を娶るつもりなど全くない。

……という事はグレイドル公爵家をソフィアが継ぐ事になるのだ。

パーティーに参加する子息達は皆、次男や三男と家督《かとく》を継がない者達ばかり。自ら家を継ぐことがない子息達にとってソフィアはいいお嫁さん候補なんだろうけれど……

屑ソフィアはかつて、このイベントをきっかけに「白豚令嬢」と呼ばれるようになってしまった。

というのもこのパーティーで、第三皇子アイザック様に一目惚れしたソフィアは猛アタックするが空回り、アイザック様からは怖がられ……。他の公爵家の子息達からは、デブだの豚だのと揶揄《からか》われて、癇癪《かんしゃく》を起こしたソフィアは子息達に殴りかかり泣かせてしまうのだ。

こんな巨漢《きょかん》の姿をしたソフィアが、キレて殴ってきたんだもん。

同じ年齢の子息にしたら恐怖だよね。

このパーティーを皮切りに、四大公爵家の中でグレイドル公爵家がどんどん浮いていくのだ。

いわばグレイドル公爵家の汚点の始まり……

はぁーっ、行きたくないけど逃げ場はないし、どうしたらいいの。

いや、諦めるな。今できることを考えろ私！

「ソフィア？　ご飯食べないのかい？」

私は机をバンッと叩くと、勢いよく椅子から降りた。

「おとうしゃま！　明日かりゃはもっとダイエットメニューにしましゅよ。わたちは料理ちょに会ってきましゅ！」

「えっソフィア？　ご飯食べないのかい？　まだ……」

「ご飯はもういいれしゅ！」

「ソフィア様！　待ってください！　リリもお供します」

私はお父様の話を遮り、部屋を出て行った。その後を慌ててリリがついて来た。

このままじゃダメだ。パーティーまでに少しでも痩せて、揶揄《からか》われないようにしなくちゃ！

私は鼻息荒く、足早に調理場へと向かった。

◆

「しちゅれいしましゅ！」

私は大きな声で挨拶しながら、調理場の扉を勢いよく開ける。

いきなり調理場に入って来た私を見て、怪訝そうな顔をする調理師達に、臆する事なく奥へとズカズカ入って行く。

「ソフィアお嬢様、どうされましたか？」

突然調理場に現れた小さな子供。

屑ソフィアだったら問答無用で追い出されていたかもしれないけれど、今は一緒に体操をしたこともあるし、少しは話を聞いてもらえるみたいだ。

それに私は屋敷の当主が宝物のように大事にしている愛娘《まなむすめ》。

料理長は決して無礼があってはならないと、緊張しているのが分かる。

ごめんね？　今はこの状況を利用させてね。

「ええと、今ありゅ食じゃいを全て見しぇて欲しいのれす」

「食材……ですか？」

突然食材を見せろと言われ、料理長は意味が分からないのだろう。

だが当主の愛娘《まなむすめ》の言う事を聞かない訳にはいかない。断って癇癪《かんしゃく》でも起こされようものなら一大事だ。料理長を始めとした調理師達が言われた通りに、作業台の上に食材を並べていく。

私はその食材を念入りに見ていく。

ふうむ……アレはないのかな？　ダイエットの定番食材。白く輝くあれ！

「ソフィア様、今ある食材は、これで全てになります」

むう……前世で食べてた豆腐はないかぁ。

んっ？　あの棚に置いてあるのは……!?

「リリ！　あの棚の上に置いてある、カゴを持っちぇきちぇ」

「ソフィア様、それは屑ですよ。後で花の肥料に使おうと置いてあるのです」

料理長が屑だと言うが、チラッと見えたあの色味……気になって仕方ない。

「持ってまいりました」

リリが持って来たのを見ると……！　ビンゴ！

「やっちゃー！　おからだっ！」

やっぱりおからだった！　という事は豆腐もあるはず。

でもこの食材に並んでいない……何故？

「料理ちょ。これは豆腐をちゅくりゅ時に出来るの！　豆腐はどこ」

「おっ、お嬢様！　どうしてトーフを知っているのです？　トーフはまだ世に出回ってない食材ですよ」

料理長が急に豆腐の事を言われ、オロオロと困惑している。

本当なら、詳しく説明が必要なのかもしれないけれど、今の私にそんな余裕はないのだ。

許して欲しい。

「いいかりゃ！　早くトーフを見しぇて」

私は興奮気味に料理長に食ってかかる。

「はっはいっ！　今お持ちします」

私のあまりの気迫に慄いたのか、冷蔵庫から慌てて何かを持ってきた。

私はそれを一口、口に入れる。

「こりぇはおぼろ豆腐……」

料理長が持って来た物は、やはり豆腐だった。

「えっ？　はっ？　おぼろトーフ？」

前世のおぼろ豆腐とは少し違うけれど、ほぼ遜色《そんしょく》ない仕上がり。

これならいける。驚く料理長に追い打ちをかけるかの如く、私は豆腐について熱く語る。

「他にも、きにゅごし豆腐やもめぇん豆腐もありましゅよ」

「ソフィア様！　トーフには種類があるのですか？」

「しょうよ！　こりぇをもうしゅこし固めたやちゅが、きにゅごし！　料理ちょ。今からきにゅごしちゅくりましゅよ！」

私がそう言うと料理長が瞳を輝かせる。

「はいっ！」

おぼろ豆腐まで作れるなら後は簡単だからね！

料理長に仕上げを教えるだけで、懐かしい見た目の四角い豆腐が出来上がった。

「ソフィア様！　凄いです。このトーフは私の親友が他国に行った時に学んだ食材でして、その造り方を私は最近教えてもらったところだったんです」

料理長は涙目で感動している。

「これは！　トーフの進化ですよ。これだと形がしっかりしているので、色々な料理に使えます！私は今猛烈に感動しています」

料理長は新しい料理の発見に興奮が収まらないようだ。

私はというと、出来上がった豆腐が早く食べたくて堪らない。

「分かっちゃから、豆腐食べよ？」

この世界にはショーユやミソなど前世で馴染んだ調味料はほとんど揃っている。これは本当有難い。さぁて？　どうやって食べようかな？　やっぱまずはあの食べ方でしょう。

「ソフィア様この食べ方は……？」

「こりぇは、冷ややっこ！」

「……ヒヤヤッコですか」

前世では夏の暑い時によく食べてたなぁ。豆腐の上にネギと生姜《しょうが》、その上に鰹節《かつおぶし》をふりかけ醤油《しょうゆ》をかけて食べる。シンプルイズベスト！

「うんっ……うんまぁ」

これこれ！　はぁ美味しい。

前世で食べた豆腐より美味しく感じるのは、自分達で作ったからかな。

「美味しいですね！　これはアッサリしている中に濃厚なトーフの旨味が堪りませんな。いくらでも食べられそうです。このような料理のアイデアが沢山溢れるソフィア様は、きっと食の神に愛された天才だ！」

豆腐に感動している料理長に、私は次なる料理をお願いする。

「料理ちょ！　ちゅぎはデトックシュシュープをちゅくりまちゅよ」

「デトックススープ……ですか？」

「しょうよ。まじゅ野しゃいは、最低二十しゅりゅい入れるこちょ」

「ほう……野菜を二十種類ですか」

豆腐の一件で私を信用してくれたのか、料理長は私の話を真剣に聞きながらメモをとっている。

「しょうよ！　ええと、こりぇと……そりぇに……こりぇも入れて」

私はスープに入れる野菜を、真剣に選び料理長に渡す。それを料理長達は細かく刻み寸胴鍋《ずんどうなべ》に入れていく。スープに入れるお肉は鳥の胸肉が良いんだけどなぁ。

食材を鑑定してみる。


【オークの塊肉】

脂分が多く、旨味の強い肉。

焼くだけでも美味しいが、衣をつけ揚げて食べても美味しい。

【ロックバードの塊肉】

低脂肪高タンパクで、アッサリした味わいの肉。

脂分が少ないため、調理によっては肉がぱさつく事もある。


これだー！　低脂肪高タンパク！　最高だよロックバード様。

私はロックバードの塊肉を掲げる。

「あちょはこりぇも入れちぇ、肉がほろほろになりゅまで煮込んでくらしゃい」

「はいっ、分かりました！」

料理長たちはちょっと希望を伝えるだけで、ささっと私の望む以上のものに仕上げてくれる。

さすが公爵家の調理人達。

「シュープにょお出汁《だし》は、こにょ骨でとってくらしゃい」

さっき鑑定でみたら、ロックバードの骨からは極上の出汁《だし》がとれるって書いていた。

是非とも飲んでみたい。

「明日かりゃのご飯は、しゅべて豆腐をちゅかった料理とシュープにしちぇ下しゃい。かんしぇいしたシュープ、楽しみにしちぇますよ」

「はいっ、お任せ下さい！」

料理長達は深々と私に頭を下げた。一斉に頭を下げられると、ちょっと恥ずかしい。

「リリ……わらちはもうちゅかれたから、お部屋にちゅれていって」

「はいっ！」

リリは私を抱き上げ部屋へとスタスタ歩いて行く。

「ソフィア様はいつのまにそんな料理の知識が？　もう本当に素晴らしいです。私は感動しました」

リリは私の知識に驚きを隠せないようだ。そりゃそうだよね。

前世の知識です！　なんて言える訳もないので、ここは笑って誤魔化そう。

「ふふっ。ちょっと思いちゅいたのよ」

さぁて、部屋に戻るとリリに一仕事してもらわないと……

「ソッ、ソフィア様……本当にいいんですか？」

リリが私の頼み事を叶えていいものかと躊躇《ちゅうちょ》している。

その気持ちは分かるけれど、私も一大事なんだ。やってもらわないと！

「いいにょ、縛っちぇ！」

「しっ……縛りますよ？」

私の体はリリによって、ロープでぐるぐる巻きにされ、ベッドから身動き取れないようになった。

なんでこんな事をしないといけないかって？　……くうっ。

それもこれも食い意地のはった、この！　わがままボディのせいだ。

お父様とお母様は順調に痩せているのに、私は体力はついたが体は全く痩せていない。

その理由はなんと夜中に夢遊病のように歩き、厨房にある食材や料理を貪り食べていたからだ。

信じられない！　リリが発見し教えてくれた時、愕然とした。

ソフィア・グレイドルよ！　全く痩せる気ないな。どこまでも私の邪魔をする。

負けないいんだから！

『ぶっ！　ソフィア、なんの遊びだよ、それはっ』

シルフィが飛んで来て、縛られた姿を面白そうに見ている。

「こりぇはやしぇるため！」

『そんな事して痩せるのか？　お前はやっぱり面白いな。あははははっ』

シルフィは笑い終わると、私の腹に乗り、魔力を美味しそうに食べていた。

◆

「ふむ……今日はまた変わった朝食だね」

お父様はいつもと違う料理が並んでいるテーブルを見て、少し不思議そうに料理長に話しかける。

「はいっ。今日からデトックス料理がスタートします」

料理長が意気揚々《いきようよう》と料理の説明をしていく。

「デッ……デトックス料理？」

「こちらのスープは、飲むだけで美しくなる魅惑《みわく》のスープとなります」

「まっ！　んまぁ！　それは是非とも味わってみたいですわ」

お母様が飲むだけで美しくなる、という料理長の言葉に反応する。

「そしてこちらはまだ市場に出回っていない未知なる食材、トーフを使ったステーキになります。このトーフはこれからこの街で大流行しますよ」

「未知なる食材⁉」

「ええ、そうです！　こちらのトーフはソフィア様と一緒に開発したモメントーフです」

「えっ？　ソフィアとだって⁉」

お父様は理解が追いつかないのか、明らかに挙動がおかしい。

「はいっ！　ソフィア様は五歳とは思えない程に、食に関しての発想が大変素晴らしく、私共では思い付かないアイデアを出してくれます。きっとソフィア様は、食の女神様からの祝福をもらっているのでしょう」

料理長はうっとりと私について語る。食の女神って……ちょっと恥ずかしい。

「ソフィアが……そうか」

お父様が目を見開き、私を見つめる。

「ちょっとひらめきまちて。しゃあ、お父しゃまお母しゃま。しゃめない内に食べて下ちゃい！」

「そうかそうか……私達の可愛い天使は、可愛いだけじゃなかったんだね」

お父様は眉尻を下げ私を見つめた後、トーフステーキを恐る恐る口に入れる。

「おっ……美味しい！　これはまるで肉のようだ」

「このスープも美味しいですわ！　良いお出汁《だし》が出ていて色々な野菜も食べられて……これなら毎日食べられますわ。美味しい物を食べて美しくなれるなんて！　最高ですわ」

ふふっ。お父様もお母様もダイエットメニューを気に入ってくれたみたいね。良かった。

トーフステーキは朝早起きして、料理長に作って貰った渾身の一品。

豆腐の水気を切り新しい食感に作り変える発想に、料理長は驚き、それから私の事を女神と崇めうっとり見つめてくるようになった。

その時にやり過ぎたと気付いたが、もう後の祭り。

レシピ開発は私だけの力じゃなくて、皆の協力があったからと伝えた時には、料理長だけでなく調理場の皆が私のことを崇めはじめ……私はいつのまにか、調理場の女神様になってしまった。

うーん、やはり屑ソフィアの時には考えられなかった展開。

これはますます破滅から遠ざかってきてるはず！

女神のように見られようが仕方ない、美味しいダイエットメニューのためだもん。

これからも美味しいダイエットメニューを開発し、いっぱい作るんだから。

◆

「やっちゃー！　やしぇた！　一キロ減ってる」

体重を量る魔道具の上で、嬉しくて思わず小躍りしてしまう。

その姿をリリは優しい目で見つめてくれている。私にいつもビクビクしていたリリだけど、今はもうそんな姿は微塵《みじん》もない。リリは優しいお姉さんのように、時に厳しく接してくれる。

「よかったですね。ソフィア様」

ダイエットメニューを開始して一週間。少しずつ痩せ、ようやっと一キロ減った。嬉しい。

お父様とお母様なんて……かなり見た目が変わってきた。

二人とも三重顎が二重顎になっている。

二重顎なのにお母様の顔は美しい。

もしかして……この二人痩せたらかなりの美形なんじゃ……！

流石に細かった時のお父様やお母様の姿は、ソフィアも小さかったから、顔までは思い出せない。

立ち姿がほっそりしていたなぁ？　くらいの記憶しかない。

だけどこの二人は明らかに、痩せたら美形なのが分かる。

「ソフィア様、デトックスティー飲まれますか？」

「うんっお願い」

私はソファーに座り、リリが持って来るデトックスティーを、ワクワクしながら待っている。

ポリッ。

一キロ痩せたし、大分動けるようにもなってきた。

もう少し運動メニューを明日から増やそうかな。

ポリッ。

なんの運動しようかなぁ……まだヨガや筋トレはムリだし……

ポリッポリッ。

やっぱり歩く時間を増やす……？

ポリッポリッポリッ。

「ソッ、ソフィア様、その手に持っているのは……！」

デトックスティーを持って来たリリが驚いている。どうしたんだろう？

「ほえ？」

自分の手を見ると、両手にクッキーを握りしめ無意識に頬張っていた。

机の上にあるクッキーのお皿は空っぽになっている。

「ああーーっ！　食べちゃった」

まただっ。このわがままボディめ！　勝手に口に食べ物を運んでくるなんて！

どこまで邪魔するんだ、ソフィア・グレイドル。

このクッキーは、料理長と一緒に考案し完成した、【おからクッキー】というダイエット用のお菓子。ダイエット用とはいえ、こんなに食べたら意味がない。

一日五枚までって決めてたのに……

「すみませんソフィア様、私が早く片付けておけば……」

「リリのせいじゃにゃいの！　わたちが悪いのっ」

このおからクッキーはこの後お母様と一緒に、デトックスティーを飲む時に食べようと机に置いていたのだ。

「ソフィアちゃん」

そんな事を考えていたからなのか、お母様がタイミングよく部屋に入って来た。何やら嬉しそうだ。

「お母しゃま！」

お母様はニコニコと微笑みながら、私の横に座る。何かいい事があったのかな？

「今日ね？　王妃様とのお茶会で皆から褒められて！『急に綺麗になったのはどうしてっ？』と、お茶会に来ていた奥様達から質問攻めでね。ふふふっ、あっそうそう、お茶菓子に持って行った、ソフィアちゃん考案の【おからクッキー】も大好評でしたのよ？」

お母様は余程お茶会が楽しかったのか、お喋りが止まらない。

確かにお母様はお肌まで綺麗になって、太いのに以前とは見違える程美しい。

「それで王妃様がね？　トーフやデトックススープに興味を持たれて。明日、アイザック様を連れて我が屋敷に遊びに来る事になったの」

「うんうん……って、えっ！　王妃しゃま？　アイジャックしゃまが？」

「うふふ♡　遊びに来るの！」

ちょっ⁉　お母様は嬉しそうに話すが、そんなのは以前はなかったイベントだ。

って事は、以前と未来が変わってきてるって事よね。

……いい方にだよね？　だとしたら嬉しいんだけれど。

でも明日って急過ぎませんか？　私まだ一キロしか減ってないのに！

アイザック様に会うのも少し怖い……だってアイザック様との出会いは、白豚令嬢への最初のフラグだから。

ああ、心の準備が出来てないよう。

◆

今日は朝からお屋敷の調理場と庭園がごった返している。

なぜなら、メイド達や料理長達が必死に準備をしているからだ。

なんの準備かって？

それはもちろん、王妃様と皇子様がグレイドル邸に来訪するから、歓迎の準備で忙しいのだ。

来訪の目的はトーフ。だから料理長達は必死にトーフ料理を作っている。

メイド達はというと、食事をする場所を必死に準備している。

お母様が朝いきなり「お外で食べたい」なんて言い出したもんだから……もうメイド達は戦々恐々といった感じで、必死に庭園でのお食事会の準備をしているのである。

王妃様達が来られるまでに、準備が間に合うのか、皆不安そうだ。

私はというと、これといって特にすることもないのでお散歩をしていたのだけど……

フラッと調理場を訪れてみたら、『食の女神ソフィア様ぁぁぁっ！　トーフの甘味で何かよいアイデアはないですか』と料理長に泣きつかれ。

今、料理長と一緒にトーフドーナツを作っている。

焼きと揚げで迷ったんだけど、今回は揚げトーフドーナツにしてみた。何故揚げにしたかという
と、単純に私が揚げの方が好きだから。

それにまだ、この世界で常用されている魔道具を使ったオーブンの使い方がよく分からない。焼
きだと、この魔道具を使ったオーブンに挑戦しないといけないからね。

でも焼いた方がカロリーは低いから、いつか挑戦してみたいところ。

料理長と一緒に、材料を混ぜ合わせ丸い形を作り、油に投入し揚げていく。数分もすると白かっ
た生地がこんがりキツネ色にそまる。

うんうん、美味しそうに揚がってきた。

「出来ちゃ！　はわぁ」

油からドーナツをとりだすと、香ばしく甘い香りが食欲を誘う……。料理長も同じ気持ちだろう。

目が合うとお互い頷き、何も言わずトーフドーナツを口に入れ咀嚼《そしゃく》した。

「はぁ……こりぇこりぇ」

「うっ……美味しっ」

前世でも良く食べたこの味！

前世ではさらにプロテインも生地に混ぜて揚げてたけどね。マッスルスイーツ。

「美味しいですね……甘さは少ないですが香ばしく、クセになる味です。小麦粉を揚げるなんて発

想、思いつきませんでした。さすがソフィア様です」

この世界での小麦粉は、パンや焼き菓子といった焼き料理に使われていて、揚げるという発想は今までなかったらしい。それは知らなかった。

普通なら五歳児にこんな知識があれば、誰か疑問に思わないんだろうか？　とも思うけど。どうやら気にならないらしい。

さすがは剣と魔法があるファンタジーの世界。

魔法を五歳児くらいで使いこなし、家族の役に立っている子供達が他にも沢山いるからだ。前いた世界より、この世界の子供達はかなり早熟《そうじゅく》だ。

などと一人もの思いに耽っていたら。

「ソフィア様！　ここにいたんですね！　早く準備しましょう」

リリが息急き切って調理場に入ってきた。

「早くしないと、王妃様達が到着してしまいます」

「はぁい」

料理長達に別れを告げ、部屋に戻るとリリに可愛いドレスを着せてもらう。

姿見でその姿を見ると……うん。全く変わってないおデブだわ。ドレスはすっごく可愛いけどね。

太さは変わらずだけど、顔は少し可愛くなった気がする。

浮腫《むく》みがとれたからかな？　目も前より少しだけだけど大きくなっているし。

メイドが部屋に呼びに来た。王妃様が到着したようだ。

私はお母様の横で、王妃様とアイザック様が入って来るのを緊張しながら待つ。

待ってる間にアイザック様の事を考えていたら……ふと処刑場の事を思い出してしまった。

あの時の映像が脳裏に浮かぶ。アイザック様のゴミでも見るような冷たい視線。

ゾクリッ。ううっ……体が震えてきた。

私は、アイザック様の事がトラウマになっているんだと、気付かされる。

「ソフィアちゃん、大丈夫？　体が震えてますわよ？」

様子のおかしい私を、お母様が心配そうに覗き込む。

お母様からしたら意味が分からないよね。しっかりしないと。

それに、私は屑ソフィアとは違うのだ。巻き戻ってから、いい方向に変わっているはず。

「だいじょぶ。キンチョしてるだけぇ」

「ふふ。大丈夫よ？　王妃様はお優しい方だから安心してね。それに、アイザック様は最近お元気がないらしいのよ。ソフィアちゃんのお料理で、少しでも楽しんでもらいたいわね……」

お母様がそういって私の頭を優しく撫でてくれる。

そうか、アイザック様にはアイザック様の事情があるのか……

もしかしたら、私達は新しい関係を築けるのかもしれない。

そんな中、扉がノックされ、メイド達が王妃様をご案内して入って来た。

「シャーロット様、アイザック様、本日は我が屋敷にお越し頂き、とても光栄ですわ」

お母様は挨拶を交わした後、美しいカーテシーを披露する。

「ふふっ。もうっ！　そんな堅苦しい挨拶はいいのよ。いつものようにシャーロットと呼んで、エミリア。今日はムリを言ってごめんなさいね。トーフ料理、楽しみですわ」

「美味しいトーフ料理は、このソフィアちゃんが考案したのよ」

急にお母様が私にふってきた。これは挨拶の流れだよね？

初めが肝心だからね。挨拶くらいは完璧に。

「ソッ！　ソフィア・グレイドルでちっ」

噛んだ……くぅぅ。ただでさえまともに喋れないのに！

自己紹介までちゃんと出来ないなんて。

「ふふ、可愛い。宜しくねソフィアちゃん。シャーロット・リストリアよ」

王妃様が私の頭を優しく撫でてくれる。

「ほらっ、アイザック！　後ろに隠れてないで挨拶して？」

王妃様の後ろから、オドオドしながらアイザック様が出てきた。

なんだか想像と違う。あの処刑場にいたアイザック様とはまったく違う人みたいだ。

「……アイザック・リストリアです」

名前を名乗ると、再び王妃様の後ろに隠れてしまった。

良かった……アイザック様を見たけど、震える事はもうなかった。まだ子供だからかな？

まぁ……アイザック様の方が怯えているっていうのもあるのだけれど。

「さっ、庭園に食事を用意しましたから、行きましょう」

お母様と王妃様は仲が良いんだなぁ。キャッキャうふふとお話ししながら歩いて行く。その姿はまるで女子高生みたいだ。

アイザック様は私と同い年で五歳のはずなんだけど、その割には小さいし細い。

顔は絵画から出てきたような美しさだ。そりゃソフィアも夢中になるなと納得する。

この頃のアイザック様は、寡黙で大人しい少年だった。人形のようとでもいうか。その振る舞いがさらに美少年に拍車をかけ、ソフィアの恋心を燃え上がらせたのだ。

今思い出しても温度差が酷い。それに気付かないソフィアの自己中さも中々。

流石に私は中身が大人だからね。今のアイザック様は、可愛い弟にしか見えない。

良かった。思ったよりも緊張しないで過ごせそうだ。

庭園でのお食事の席は、何故かアイザック様と私が隣で、しかもやたらと近い。

それをお母様と王妃様は離れた席からニマニマしながら見ている。

お母様？　もしや作戦ですね？

でもアイザック様と婚約したいなんて、口がさけても言いませんからね！

◆

早速、美味しそうなトーフ料理が目の前に並んでいく。

……はぁ、どれも美味しそう。

まずはおからハンバーグを一口。

「おいちっ」

おからが肉汁を吸ってジューシー。料理長特製ソースも美味しい。

私が料理を美味しそうに食べていると、横から刺さるような視線を感じた。振り向くとアイザック様が私をジーッと見ていた。

「にゃっにゃにか？」

思わず動揺してしまう。

「美味しそうに食べるなぁって思って」

「だって美味ちいんでしゅもん！」

ふと、アイザック様のテーブルを見ると何も手を付けてない。

「美味ちいのに食べなゃいにょ？」

「僕は、何を食べても味がしなくてね」

「なっ！　味がしにゃい⁉」

なんとアイザック様は二年前、食事に毒を盛られ、死にかけた経験があるらしい。

そんな事があったとは……知らなかった。それから食事をするのが怖くなり、何を食べても砂を噛んでるようで食事の味がしなくなったんだって。

こんな小さな子に毒を盛るなんて！　許せない。

美味しい物を美味しいって感じる事が出来ないなんて！　アイザック様が可哀想すぎるよ。

少しでもいいから美味しいという喜びを知ってもらえたらいいのに。

そうだ！　薬膳《やくぜん》効果もある魅惑《みわく》のスープ！

「あにょね？　こりぇはわたちもお手伝いした、魅惑《みわく》のシュープなんでしゅよ。一口食べてみて下しゃい！　じぇったいに美味ちいから！」

私はアイザック様に、スープを飲ませようとスプーンを近付ける。

「あっ、わっ」

あれ？　アイザック様が目を見開き、驚いている。

顔も真っ赤だ……なんで？

「早く食べちぇ下しゃい」

私は少しでも食べて欲しくて、スプーンをアイザック様の口に、更に近付ける。

アイザック様は観念したのか、恐る恐るスープを口に入れる。

「っ！　……美味しい。ちゃんと味がする」

アイザック様が美味しいと言ってくれたのが嬉しくて、私は満面の笑みで返した。

「でちょう？」

「あわっ、かっ可愛っ」

「んん？」

アイザック様は真っ赤な顔になり、両手で顔を覆ってしまった。

あれぇ？　なんで？　私何かしでかした？　ただアイザック様に食べさ……！

「わーーーーーーーー！」

やってしまった！　私、アイザック様に前世でいうアーンをしてしまった。

恋人達がイチャラブする時にしてるやつ！

恋人じゃないのにしちゃった！　そりゃアイザック様、嫌だよね。

だってだって……食べてもらいたくて必死だったんだもん！

アイザック様の事が小さな子供にしか思えなくて、お姉さんが食べさせてあげますよ的なノリのつもりが……うん。よく考えたら私も子供だよね。

しまった！　やらかした。淑女《しゅくじょ》としては有るまじき行為！

アイザック様は私のこの喋り方も笑わなかった。きっと本来は優しいお方なんだ。

だから付き合ってくれたものの、アーンが恥ずかし過ぎて顔が真っ赤になったのか！

このまま嫌われたらどうしよう。断罪フラグ立っちゃった⁉

「ソフィア嬢？　どうしたの？」

私が一人頭を抱えてうんうん身悶えてたら、顔色がもとに戻ったアイザック様が、不思議そうに話しかけてきた。

「あっあによ……さっきはスープを無理やり食べさちて……嫌でちたよね？　わたちの事もきりゃいに……」

「嫌い？　なっ、ならないよ！　むしろ嬉し……ゲフンゲフンッ。だってソフィア嬢がスープを食べさせてくれたから、何年かぶりに食べ物の味がしたんだよ？　感謝したいくらいだよ」

そう言ってアイザック様はニコリと天使の笑顔を見せた。

くぅ……天使がいる。

◆

アイザック様は魅惑《みわく》のスープを美味しそうに食べている。

色んな野菜がたっぷり入った薬膳《やくぜん》効果抜群のスープは栄養満点。これで痩せ細った体の滋養《じよう》に少しでもなればいいなぁ。

「美味ちいでしゅか？」

「うんっ。でも……ソフィア嬢がアーンしてくれたスープが、一番美味しかったけどね」

アイザック様はニコリと天使の笑顔で笑う。

食べさせた方が美味しかったなんて。あうっ……なんて可愛い顔して言うの。

アイザック様はまだ五歳。まだまだ甘えたい年頃だよね。

ふふふっ、そんなのソフィアお姉さんに任せて。

「じゃあ、はいっ！」

私はアイザック様のスプーンを再び奪うと、アーンした。

「えっわっ!?」

アイザック様は照れ臭いのかまた顔が少し赤くなったが、私が出したスプーンを戸惑いながらも口に入れる。

「……美味しっ」

「ちゅぎはこりぇも、食べまちゅか？」

私はおからハンバーグをフォークに刺して、アイザック様の口に入れる。

「わぁっ……美味しっ」

アイザック様はおからハンバーグを美味しそうに噛み締め食べている。

その姿を見ているだけで、私までほっこりと幸せな気持ちに。

そんな時。ふと思い出す。

……そういえば昔。拾った子猫にこうやってご飯上げてたなぁ。猫のシロを思いだすなぁ。

ふふっ、可愛いなぁ。なんて考えながらアーンしてたら……

アイザック様はテーブルの上にある料理全てを完食していた。

「ちれいに完食でちました。えりゃい！」

「僕こんなに食べたの久しぶりだよ。お腹が苦しいなんて初めてかも」

「ふふっ。美味ちいはしぇーぎでちゅ」

「美味しいは正義って……ププッ。ソフィア嬢は面白いね」

「しょうでしゅか？」

私達が楽しそうに話しているのが気になるのか、お母様と王妃様が私達の席に近寄ってきた。

「えっ……アッ、アイザック⁉　これ全部貴方が食べたの⁉」

王妃様はテーブルに並ぶ綺麗に完食されたお皿を見て、目を見開き驚いている。

「はいっ。ソフィア嬢のおかげです。食べ物に味がしたのです。こんなに美味しい食事は久しぶりです」

アイザック様がキラキラしたお日様みたいな笑顔で笑う。

「ああっ、アイザック！　よかった……本当にっ……よかった」

王妃様は泣きながらアイザック皇子をギュッと抱きしめた。

「よかったわね。シャーロット」

お母様も貰い泣きしている。

どうやら今日のお食事会は、アイザック様のために開いたらしい。

何も味がしなくなったアイザック様のために、なんでもいいから食べてもらいたくて、変わった料理に王妃様は飛び付いたのよって、後からお母様が教えてくれた。

よかった、アイザック様が食べられるようになって。

ちなみにこの日からトーフは王家御用達の食材となり、城下町《じょうかまち》で一大ブームを起こす事となる。

グレイドル公爵家はこれにより、トーフ製造のための大きな作業所を建て、トーフ事業が忙しくなるのだった。

お母様達は仕事の話があると、何処かへ行ってしまわれたので、私はアイザック様と二人で庭園にあるガゼボにて、食後のデトックスティーを飲んでいる。

「変わった飲み物だね？」

アイザック様がデトックスティーを不思議そうに見つめる。飲み物にフルーツやハーブが入ってるのが珍しいのかな。

「こりぇはデトックシュティーでちよ。体も浄化しゃれ、更にやしぇるんでしゅ。美味ちいのでアイザックしゃまも飲んでくだしゃい」

「ソフィアが美味しいって言うなら間違いないね」

「そうでちゅ」

ガゼボに心地よい風がふんわり流れてくる。

「ふふっ……こんなにゆっくりしたのは、久しぶりだよ。外でお茶を飲むって気持ちいいね」

「ええっ？　いちゅもは何をしちぇるんでしゅか？」

五歳児がゆっくり出来ないとはなんぞや？　グータラしていい年齢だと思うのだけど。

この世界の五歳児は早熟《そうじゅく》だから、ゆっくり出来ないのかな。その上アイザック様は皇子様だし。

「いつも？　午前中はずっと勉強だろ、午後からは剣や魔法の訓練をずっとしてるかな」

「ずっと？　剣や魔法の訓練を？」

「そうだよ。日が暮れるまでずっと」

それって大人でも嫌がって逃げ出すレベル……

それを当たり前のように話しているけど。

「まっ、毎日でしゅか？」

「そうだよ。僕は二人いるお兄様達と違って、出来が悪くてね？　情けない事に、何をやってもお兄様達に勝てないんだ」

何を言ってるんだこの人は……そんなの当たり前じゃない。

「お兄しゃまって……確か十歳と八歳でしゅよね？」

「そうだよ。そんなに年が変わらないのに僕は何も勝てない」

アイザック様は少し伏し目がちにそう言う。

「何言ってるんでしゅか！　この年頃の五にぇんは十年以上の差があると、思っちぇいいんでしゅよ！」

「えっ……僕が、お兄様に一度も勝てなくても？」

「しょれは当たり前でしゅよ！　だって年が違いましゅよ？　お兄しゃまの年になった時にアイザックしゃまも同じ事が出来たら、しょれでいいんでしゅよ」

私の言葉にアイザック様が目を見開き固まる。

「……僕はこれ以上頑張らなくていいの？」

「アイザックしゃまはもう十分頑張ってましゅ！」

思わず言葉に力が入る。だっていっぱい努力しているのに。

「私たちはまだ五歳。これからでち。いいでしゅか？　このドーナツは穴が空いてましゅ。不思議な形でしゅよね。でもこれが完成形なんでしゅよ」

私はドーナツを持つと、穴の間からアイザック様を見つめる。

「穴が空いていても……？」

「そうでしゅ！　この穴に意味があるんでしゅよ！　火を均等に通りやすくするために空いてるんでしゅ」

「穴に意味が……」

アイザック様は不思議そうに、マジマジとドーナツの穴を覗き込む。

「だからね？　穴が空いていようが、どんな形であろうが中身が美味しければ、そこにキラッキラの幸せが詰まってるんでしゅ。ねっ？　だから頑張った努力にも、決まった形なんてないんでしゅよ。アイザックしゃまは十分頑張ってましゅ。それでもまだ努力が足りないって言うなら、私が足りない努力をこっそりプレジェントしましゅ」

そう言って私は小さな丸いドーナツをアイザック様の手に乗せた。

「これは？」

「この穴を作る時に出来る余った生地でしゅ。でもこうやって小さな丸のドーナツとして需要があるんでしゅ」

私はそう言って小さな丸いドーナツを大きなドーナツの穴に入れた。

「ほら、穴がなくなりまちたね。穴のない完璧な丸になりまちたよ」

「本当だ！　すごい」

「これが完成形、でも私はこの穴が空いたドーナツの方が好き」

あむっと丸いドーナツを口に放り込む。

「おいち！」

「ふふっ……本当だね。穴が空いてる方がいいか……ソフィアの言葉は魔法みたいだ」

ニカッとスッキリした笑顔で、アイザック様は笑う。

天使の笑顔が何倍もキラキラしている。

「まぶちい」

子供の時って上の兄弟に勝てなくって、下の兄妹達は必死に勝負を挑んでは負けてって、よくやるんだよね。私も小学生の頃お兄ちゃんに何をやっても勝てなくて、悔しくって泣いてたっけ。

大人になったらそりゃそうだって思うんだけど、子供の頃ってそれが中々理解出来ないんだよね。

自分も同じ事が出来るって思っちゃう。体の成長が違うんだから無理なのにね。

なんかお兄ちゃんの事を思い出しちゃったな。……変な死に方をして悲しませちゃったかな。

両親が中学生の時に事故で死んでから、お兄ちゃんがずっと親代わりで私を育ててくれた。

前世の事はもう考えないようにしていたのに。

うーん……お兄ちゃんに会いたくなってきた。ううっ。

「ソッ、ソフィア⁉　急にどうしたの？」

アイザック様がビックリした顔をして私を見る。

頬が冷たい……そうか私、お兄ちゃんの事を思い出して泣いてたのか。

「なんでもないでちゅよ。アイザックしゃまの笑顔がキラキラ綺麗で見惚れてまちた」

「あっわっ！　なっ、何言ってるんだよ！　ソフィアの笑顔の方が何倍も可愛いよ」

アイザック様は真っ赤な顔して私の事を褒めてくれた。

「ふふふっ」

アイザック様と少しは仲良くなれたよね？

これなら断罪フラグもポキッと折れてなくなったよね？

◇　アイザックの気持ち

はぁ……重苦しいため息ばかりでる。

今日はグレイドル公爵邸で開催されるお食事会に行くと、お母様は朝から張り切っているが、正直僕はどうでもいい。なんならお食事会自体も行きたくない。

食事なんて、どうせ何を食べたって味がしないんだから。

味のしない食べ物を、何度も咀嚼《そしゃく》し飲み込む苦痛……ああ。食事の時間が苦痛でしかない。

「アイザック！　支度は出来ましたか？」

お母様が珍しく張り切っている。グレイドル夫人は、学生時代からの大親友なのだとか……その気持ちは分かるけど、僕を巻き込まないでほしい。

「……はい」

僕はやる気なさげに返事を返す。

何故僕がやる気なく、こんなにも憂鬱なのか。

それはお茶を共にするグレイドル公爵家の一人娘、ソフィア嬢が原因だ。

ソフィア嬢のいい噂はあまり聞かない。気に入らない事があると、直ぐに癇癪《かんしゃく》を起こし、わがままばかり言って周りを困らせる怠慢《たいまん》な令嬢だと有名だ。

はぁ……そんな令嬢と一緒にご飯を食べるとか、お母様はなんの修行を僕にさせる気なんだ。

グレイドル公爵家に向かう馬車の中、僕はそんな事ばかりを考えていた。


――あれ？　なんだか思っていたのと違う。


公爵邸で初めて見たソフィア嬢は、かなり太ってはいるが……癇癪《かんしゃく》を起こすようなわがまま令嬢には全く見えない。なんなら淑女《しゅくじょ》としての礼儀作法も完璧に見える。

だが僕は騙されないぞ、猫をかぶってるだけかもしれないからね。

席に着くと、テーブルに数々の料理が並んでいく。はぁ……こんなにも食べれないよ。料理を見るのも苦痛だ。

それに僕とソフィア嬢の席が近過ぎないか？

お母様の方をチラッと見ると、パチンとウインクをした。

何を考えてるんだよ？　僕とソフィア嬢が仲良くなるのを期待してるの？

はぁ……勘弁してよ。わがまま令嬢と仲良くなれる訳がないだろ。

ふとソフィア嬢を見ると、口いっぱいに料理を頬張り、美味しそうに食べていた。その姿を見ていると……目の前に並ぶ料理がキラキラと見えた。

そんなに美味しいの？　僕はテーブルに並ぶ料理が少し気になってきた。

そんな僕の様子などお構いなしに、ソフィア嬢は次々に料理を美味しそうに食べていく。

ああっ……今度はスープをあんなに美味そうに……

食べてる時のソフィア嬢はちょっと可愛いかもしれないな。

……なんて考えながら見てたら、ソフィア嬢と目が合った。


――すると。


何故か僕は、ソフィア嬢にペラペラと毒を盛られた事や、そのせいで食べ物に味がしなくなった事を、話してしまった。僕の話を真剣に聞き、自分の事のように怒ってくれるソフィア嬢。

その表情を見るだけで嬉しくて胸が暖かくなる。

表情がコロコロ変わるソフィア嬢は見ていて飽きない。

「えっ？　わっ」

突然ソフィア嬢がアーンしてきた。

僕は恥ずかしさと緊張で、固まる。そんな事お構いなしに、ソフィア嬢が一生懸命に美味しいから食べてと、僕の前にスプーンを出してくる。

美味しそうに食べるソフィア嬢が手に持つスプーン。

なんだかそれはキラキラと輝いて見えて、スープが美味しそうに思えてきて……。気がつくと僕はスープを口にしていた。

「……あっ！　……美味しい」

「でちょう？」

ソフィア嬢が、満面の笑みで僕に言ってきた。

こんなの反則だよ。可愛い過ぎてビックリした。

はぁ……胸のドキドキが収まらない。これは温かいスープを食べたせい？

やっと胸のドキドキが収まりソフィア嬢を見ると、何故か百面相をしてウンウン唸っていた。

ブッッ！

何してるんだ。本当にソフィア嬢は見ていて飽きないな。

どうしたの？　と聞いてみたら。

僕にアーンを無理矢理したせいで、その事で嫌われたとか言いだした。

そんな訳ないだろ！　むしろ嬉しいって言いそうになった自分にビックリし……納得する。

そうか……僕はソフィア嬢に対していつの間にか嫌悪感ではなく好意を抱いていたのかと。

どうしよう……好きって気付いたら、さっきの百倍ソフィア嬢が可愛く見える。

この好きが信頼なのか友達なのか、どの感情の好きなのかはまだ分からない。

けれど僕は初めて人を好きだと思えたんだ。

僕がスープを飲んでいたら、ソフィア嬢が美味しい？　って聞いてきた。

僕はつい悪戯っぽく……

「ソフィア嬢がアーンしてくれたスープが、一番美味しかったけどね」

なんて言ったら……ソフィア嬢は僕のスプーンを手に取り、またアーンしてくれた。

僕がスプーンを口に入れた時に、その都度嬉しそうに笑うソフィア嬢が可愛い過ぎて。その顔が見たくて、何度も何度もソフィア嬢の手からアーンしてもらった。

気付いたらテーブルに並ぶ食事を完食していた。久しぶりのお腹が苦しい満腹感。

僕はただ、ソフィア嬢の笑顔が見たかっただけだったんだけどね。

綺麗に食べたお皿を見て、お母様が泣いて喜んでくれた。

僕はこんなにも皆に心配をかけていた事に、今更気付かされた。

食事の後、お母様達は何やら色々と仕事の相談事が出来たとかで何処かに行ってしまった。

その間、僕は庭園にあるガゼボでソフィア嬢とお茶を飲んでいた。

そして、ついまた情けない悩みをソフィア嬢に話してしまった。

「しょれは当たり前でしゅよ！　だって年が違いましゅよ？　お兄しゃまの年になった時にアイザックしゃまも同じ事を出来たら、しょれでいいんでしゅよ」

「……僕はこれ以上頑張らなくていいの？」

「アイザックしゃまはもう十分頑張ってましゅ！」

その言葉に僕は衝撃を覚える。

それはまるで、目から鱗《うろこ》が落ちたようだった。

ソフィア嬢の言葉は、魔法のみたいだ。僕のぐちゃぐちゃだった心をスルリと紐解いていく。

「わたちも今、頑張ってやしぇてるんでしゅよ！　カッコ良い未来に向けて一緒に頑張りまちょうね」

そう言ってソフィア嬢は、キラキラと眩しい笑顔で笑うと、僕の手をギュッと握りしめる。

手を握る事なんて、別に大した事ないはずなのに、ソフィア嬢が握っているってだけで、僕の胸は苦しくてドキドキが収まらない。僕の体はどうなっちゃったんだ。

王城に帰ると、僕は急いでお父様とお母様にソフィア嬢と婚約がしたいとお願いしたが、答えは「出来ない」だった。

グレイドル公爵が、ソフィア嬢の婚約者はソフィア自身に選ばせたいとのこと。

今度開催される王家主催のガーデンパーティーは、王家と四大公爵家の子息達の顔合わせとなっているが、実はソフィア嬢のお婿さん探しでもあると……コッソリ教えてくれた。

そして頑張れと。

公爵家子息達《アイツら》にソフィア嬢を奪われてたまるか！

パーティーまでは残り三週間……アイツらより先に、もっとソフィア嬢と仲良くならないと！

今のままでも十分可愛いソフィア嬢、痩せて可愛いくなったら皆がソフィア嬢の可愛さに気付き夢中になってしまうじゃないか！

これは是が非でも阻止しないと……おからクッキーとカロリーが高いクッキーをコッソリ入れかえるか？　王都で人気の菓子を買って毎日与えるか？

いやっダメだ。そんな事をしてバレて嫌われたらどーするんだよっ。

はぁ……僕はどうやったらソフィア嬢の一番になれるのか、頭を悩ませるのだった。

◇

「あちゅいから、気をちゅけて下ちゃいね」

「これは変わった料理だね」

「こりぇは湯トーフといいましゅ」

「ユトーフ？」

私は今アイザック様と一緒に、グレイドル邸のお庭で昼食を一緒に食べている。

なぜアイザック様が一緒にいるかって？

あのお食事会から三日もあけずに、アイザック様がグレイドル邸に遊びに来たのだ。

なんと今日は一人で！

一緒にいるのは執事のサボンさんと護衛の人。

前の時はアイザック様が一人でグレイドル邸に来るなんて一度もなかった。ソフィアが毛嫌いされてたからってのもあるけど。未来は変わってきている。

アイザック様は破滅フラグのきっかけだから距離を置くつもりだったけれど……どうやら懐かれてしまったみたい！

まあ、仲良くなっておけば、なにかあっても助けてもらえるかもしれないしいいよね。

アイザック様とお話しするのは楽しいいし。うん。

「ふふっ……やっぱりソフィアとご飯を食べた方が美味しいよ」

「しょれは嬉ちいでしゅ」

「あの後、食べ物の味はするようになったけど、ソフィアと食べたご飯ほど感動しなかったな」

アイザック様はニコリと蕩けるように微笑む。

ううっ、眩しい……

「ねぇソフィア？　今日はアーンしてくれないの？」

アイザック様が小首を傾げ可愛くおねだりしてきた。

なんて可愛いの！　お姉さんに任せて！

「いいでちゅよ」

スプーンで湯トーフをとり、私はスプーンに向かってふーふーした。

だって湯トーフは熱いからね。

「あちゅいでしゅからね……はいっ、もうだいじょぶ」

アーンしようとしたら、真っ赤な顔して口をポカンとあけたアイザック様がいた。

あれ？　もしや、ふーふーもダメなやつ？

「すみましぇん。ふーふー嫌でちたね」

「あっやっ、むしろ嬉しっ……ゲフンゲフンッ」

アイザック様が急に取り乱し、少しパニックになっている。

「わぁ!? だいじょぶでしゅか！」

「んんっ大丈夫。ふぅっ」

アイザック様は大きく深呼吸し一息ついた後、可愛くアーンと口を開ける。

「どじょ」

私はまだ真っ赤なお顔のアイザック様のお口に、湯トーフを入れる。

「んっ……美味しいっ、アッサリしてて。つるんってのどを通っていくね」

新作を喜んでくれたのが嬉しくって、アイザック様に満面の笑みを向ける。

「でちょう」

「はわっ！」

アイザック様は真っ赤な顔のまま手で口を押さえ、固まってしまった。

今日のアイザック様は少し変だ。

『ソフィア。お腹すいたー、魔力頂戴』

シルフィが何処からともなく飛んできて頭の上に座り、美味しそうに魔力を食べている。

顔色が戻ったアイザック様が、今度は目をまん丸にして私を見ている。

やはり今日のアイザック様は様子がおかしい。

「ソッ、ソフィア？ 急に頭の上が光ってるんだけど……！」

「えっ！ アイザックしゃまには見えるの？」

「うん。丸い光が……」

シルフィがアイザック様のところに飛んで行き、クルクルと回る。

「わっ、光がコッチに！」

「アイザックしゃま。しょれは……！」

あっ！　アイザック様の後ろに立っている執事さんが、不思議そうな顔をしている。

これは後でコッソリ教えないと。見えない人には変な子って思われちゃう。

「後で大事にゃ話がありましゅ、ガゼボでティーを飲みながら話ちましょう」

「大事な？　えっ……まさか僕を婚約者に選んでくれるとか？　いやそれは……ないか。じゃ何だ？」

アイザック様が早口でボソボソと話すので、何を言ってるのか全く聞き取れない。

「あのう？」

「あっ、なんでもないよ。ガゼボに行こうね」

◆

ガゼボで私はアイザック様の横に座り、シルフィの事を話そうとすると。

何故かアイザック様はガッチガチに固まっている。

「あっあの……ソフィア？　距離が近すぎないかい？」

「だって近くないと、耳でないちょ話出来なゃいでちょう？」

「ふぇっ！　みっ耳？」

そう言うとアイザック様が真っ赤な顔になり固まってる事に全く気付かず、私は耳に口を近付け内緒話を始める。

「じちゅはでしゅね？　しゃっきの光は、ようちぇいなんでしゅよ……」

「えっ！　妖精!?」

思わずアイザック様は振り向き、私を見る。

もともと近い距離にいた私達は、あと少しで口付けするといった距離になる。

「「あっ！」」

慌ててアイザック様は後退りした。

「うっわぁ！　ごっゴメン」

「だっだいじょぶ、ちょっとビックリちたけど」

ううっ。ショタの癖はないけれど、至近距離であの綺麗な顔を見るとさすがにドキッとしちゃった。

少しの沈黙の後、アイザック様が口を開く。

「ゴホンッ……それで妖精って言うのは？」

「あにょ光は、わたちが契約《けぇやく》ちてるようちぇいなんでしゅ」

「ソフィアは妖精と契約してるの！　それってお伽話《とぎばなし》じゃっ」

「ほんちょ！　シルフィ！」

空を気持ちよさそうに飛んでるシルフィを呼ぶ。

『なんだ？　ソフィア？』

「こにょ子が、風のようちぇいシルフィよ」

シルフィがアイザック様の周りをクルクル飛び、肩に止まった。

「あっわ……ソフィアはもしかして、妖精……シルフィと話が出来るの？」

「しょう！」

「ちょっと待って！　その事って僕の他に知ってる人いる？」

「アイザックしゃまが、初めちぇシルフィの光が見えた人にゃの。後は誰も知らにゃい」

私の話を聴いたアイザック様が少しの沈黙の後、真剣な顔で話しだす。

「いいかい、ソフィア。この事は絶対誰にも話しちゃいけないよ？　人族で妖精と契約したなんて知られたら、利用しようとする悪い奴らが寄って来るから！」

「悪いやちゅ？」

「そうさ、君の力はいろんな事に使えるからね。誘拐《ゆうかい》される可能性だってある」

悪い奴に誘拐《ゆうかい》？　そんなの嫌だ！　私はひっそりと長生きしたい。

「分かっちゃ」

私は大きく頷いた。

「約束だよ」

私はアイザック様と固く約束した。妖精の力を利用する奴がいるなんて。そんな事思い付かなかった。怖い……誘拐《ゆうかい》されて監禁とかされたら最悪だ。

シルフィの事は誰にも知られないようにしなくちゃ。

◆

「ふっ……ふうっ」

『ほらほら、あと少し！』

「ふっふぅ……んっ」

『はいっ、ゴール！　お疲れ様』

「ふうううっ……ちかれたっ」

私はゴロンと地面に寝転がる。

『こらっ、またそんなところで寝そべって！』

「だっちぇ～。気持ちいいんだもんっ」

筋力と体力がついてきたので、私の日課が増えた。走る……じゃないな。

シルフィが決めたコースを毎日三十分、早歩きしている。

コースはシルフィの気まぐれで毎回違う。これがまた楽しい！

同じコースばかりだと飽きてしまうところを、シルフィが私が知らない道を先導してくれるのだ。

だからゴールも毎回違う。今日のゴールは公爵邸の裏にあるグレイドルの森の入り口。

入り口には沢山のハーブが生えていて、たまにリリと一緒にハーブを採取している。

ハーブ園もあるのだけれど、自分で採ってきたハーブで作るデトックスティーは、格別美味しい気がするのだ。

ただ、森の奥にはまだ入った事がないけどね。

芝生《しばふ》に寝そべっていると、シルフィがそよそよと心地よい風を送ってくれる。

「はぁ……おにゃかしゅいた」

『もうすぐお昼ご飯の時間じゃない？』

「今日のメインはロックバードのシュテーキ。ふふふっ、たぁのちみ」

おっと想像するだけでヨダレが……

『ソフィアは食べるのが本当好きだなぁ』

シルフィが少し呆れたように両手を上げ、やれやれと言ったジェスチャーをする。

「だっちぇ！　おいちいはしゃいこーの幸しぇよ！」

『はいはい。オイラもご飯にしようかな。いししっ』

シルフィは私のお腹の上に乗っかり、美味しそうに魔力を食べている。

前世の私は、筋肉や体調管理優先で食べ物など栄養が取れたらなんでもよかった。

毎日、肉は鳥胸肉やササミ、野菜はブロッコリーにトマト、それに納豆と。高タンパク、低カロリーを意識し、毎回同じ食事でも満足していた。食にそれほど興味がなかったのだ。

だけど！　このソフィア・グレイドルになってからの私は違う。

食に対する執着が異常だ。食い意地がはってるとも言う。

元の屑悪女の感覚をこの体が覚え、引っ張っているのかな？　それは分からないけれど……

今一番の楽しみは一にご飯！　二にご飯、三四がなくて五にご飯！　それは譲れない。

シルフィと芝生《しばふ》で気持ちよく寝転んでいたら、私はいつの間にか眠っていた。

『ソフィア、起きろ！』

「……んん？　むにゃ」

『いつも一緒にいる女がコッチに走って来てる！』

「ほえっ？　リリが!?」

こんなところを見られたら大変だ！　起き上がろうとしたその時、すでにリリは目視出来るところまで走って来ていた。

「ソッソフィア様！　どうされました!?　こんなところで倒れて大丈夫ですか！　リリは心配で心配でっ」

「だっ、大丈夫でしゅ……ちょっと寝ころんでぇたの」

リリは凄い心配性なのだ。直ぐに体は大丈夫かとか運動し過ぎて倒れたらとか私を心配する。

リリがこんな風になったのは、私が悪いんだけど……

始めはまともに歩けなくて、少し歩けば疲れ、リリに抱っこしてもらい……

ラジオ体操したくらいで倒れて、ベッドまで運んでもらう毎日が続いたせいで、リリは心配性の過保護になってしまった。

「プッ……こんなところで寝転がるとか、ソフィア嬢は相変わらず面白いなぁ」

「アッ、アイザックしゃま！」

リリに気を取られて、その後ろにいるアイザック様に気付かなかった。

二日前に遊びに来たばっかりなのにまた来るなんて、アイザック様はグレイドル邸の料理が余程気に入ったのね。

ふふっ。アイザック様も食いしん坊じゃない。

「んん？　何笑ってるの」

「アイザック様も食いしん坊だなぁっと思って」

「ちょ!?　なんでそんな思考になるんだよ」

「恥ずかちがらなくても、分かっちぇますから」

「ソフィア？　全く分かってないと思うよ？」

二人で話しているとリリが後ろから声をかけてきた。

「ソフィア様、お昼ご飯の準備が出来ましたよ。庭園に向かいましょう」

「はぁい。アイザック様、行きまちょう。今日のランチもおすすめなんでしゅよ」

「……うん」

なんだろう、アイザック様は納得いかない顔で後を付いてきた。

そんなに食いしん坊がバレたのが恥ずかしかったのかな？

今まで食べられなかったから、すごくいい事なんだけどなぁ。

◆

「このロックバートのにきゅは、高タンピャク低チャロリなんでしゅよ！」

私は自慢の料理を紹介するのが嬉しくって、メニューの説明を必死にアイザック様にしている。

「コウタンピャク？　テイチャロリ？　初めて聞く言葉だね」

アイザック様は、私が話す謎の言葉の意味を理解しようと必死に耳を傾けてくれる。

「いいきんにゅくと、ダイエッチョにむいてるおにきゅって事！」

「なるほどね。ソフィアは勉強熱心だね……そうか、グレイドル邸の料理は全て痩せるためのメニューなのか。今日のソフィアは前に比べ少し細っそりしたし、綺麗なアメジスト色の瞳が輝きを増している。今でも十分可愛いのに。ああっ……これ以上可愛くならないでくれ」

「ア……アイザック様？」

また何やら早口でブツブツと独り言を言っている。どうしたのかな？

「んん？　ソフィアは頑張り屋さんだから少し痩せたねと思って」

「そうでしゅか？　分かりましゅか？」

「もちろん」

私の体重は、巻き戻ってからまだ一、二キロしか減っていない。最初にアイザック様と出会ってからでいうと二百グラムしか減っていない。

まだ誰もその変化に気付いてないというのに……恐るべしアイザック様。

お庭で仲良くお昼を食べることの多い私達のために、お父様は庭園で食事をするための場所をすぐさま増築してくれた。そのおかげで今は庭園でいつでもお食事ができる。

メイド達は準備でバタバタしなくて済むようになった。

食事が終わりガゼボにて、恒例のデトックスティーを一緒に飲んでいると、アイザック様が突然悲しそうに話し出した。

「ソフィア、すごく残念なんだけど、僕はこれから十日間遊びに来られなくなったんだ」

「えっ？　しょーなんでちゅね」

「うん」

アイザック様はとても残念そうだった。それ程一緒に食べるご飯が気にいってるのね。

「残念だけど次に会えるのは、王家主催のガーデンパーティーだ。ソフィア？　王宮に着いたら一番に僕のところにくるんだよ。約束してね？」

「分かっちゃ」

「ふふ、良かった」

仲良くなったアイザック様が一緒にいてくれるなら心強い。

きっと、他の子息達にボロを出さないように気を付ければフラグは立たないよね？

私の返事を聞き少し安心したのか、アイザック様は帰っていった。

……というか、ガッ……ガーデンパーティー！

もう後十日なのか！

アイザック様とは仲良くなったし、後は公爵家の子息達に粗相をしなきゃ大丈夫なはず。


――だよね？

◆

あっという間に時は経つもので、今日はガーデンパーティーの日。

私が身に纏《まと》うのはお母様がこの日のために作ってくれた特注の薄紫色のドレスだ。

今回のドレスは私の瞳の色に合わせて作ったそう。今、リリが必死に着せてくれている。

「まぁ！　ソフィア様、少しお痩せになって？　腰回りに少しゆとりが！」

「しょうよ！　しゃんキロもやしぇたの」

「まぁ！　素晴らしいですわ」

これも毎日、シルフィと朝のジョギングをした成果だ。

この調子なら、もっと運動メニューを増やせるかもしれない。

「ぐふふっ」

ドレスを着て用意が終われば、あとは王宮にお父様とお母様と一緒に向かうだけ。

お母様達の準備が終わったらしく、メイドが呼びにきた。

よし！　失敗しないように頑張らなきゃ。

馬車に乗りパーティー会場に向かっているんだけど。何故か急に不安になってきた。

さっきの勢いはどこに行った、私よ。

「ソフィアちゃん？　緊張しているの？」

「そんなに緊張しなくて大丈夫だよ、ソフィア。子息達と遊んだりするんだよ？　きっと楽しいよ？」

お父様が優しく抱きしめてくれる。

「はぁい」

お父様とお母様に心配をかけたくないんだけれど、緊張が解けない。妙に胸がザワザワする。

『どうしたんだよっ？』

「シルフィ！　どちて？」

シルフィが馬車にヒョコッと入って来て、私の頭に乗っかる。

私は両親にばれないように小声で話す。

『ソフィアが不安そうな顔して、馬車に乗っていくのが見えたから、気になってついてきた』

「うれちい……ありあと」

『何がそんなに不安なのか知んねーけど、オイラもついてるんだから！　もうそんな顔するなって。な？』

「うん」

シルフィのおかげで胸のザワザワが落ち着ついた。ありがとう。

王宮に着くと、執事さんに案内されパーティー会場へと向かう。

途中お父様とお母様は王様と王妃様に呼ばれ、私だけ先に会場に向かった。

執事さんに席に案内され、座る。

アイザック様は何処かな？　一番初めに会いに来てって言われてたのにな。

辺りを見回すけれど、どこにもいない。

他の子息達もいないし、どうやら私が一番に会場に着いたようだ。

する事もないので、椅子に座りシルフィと話していたら、後ろから突然話しかけられる。

「君がソフィア嬢かい？」

振り向くと、水色の髪に深い海の底のような群青色の瞳をした少年が立っていた。

エリシア公爵家の次男、ジーニアス・エリシア様。

「フリャグのとうじょ……」

◆

エリシア公爵家次男、ジーニアス・エリシア様は稀代《きたい》の天才児と謳われている。

その頭脳を使い、後のソフィアの悪事だけでなく、お父様の悪事全てを暴いていったのだ。

処刑場で首を切られる時に、アイザック様の横に立って睨んでいたのを今でも鮮明に覚えている。あの時のジーニアス様は、私を見てバカにしたような不敵な笑みを浮かべていた。

その人が今、目の前に……。ゴクリッと思わず喉が鳴る。

「ソフィア嬢？」

ジーニアス様が、何も言わない私を、不思議そうな顔して見ている。しまった。巻き戻る前の事はさておき、今はちゃんと挨拶しなくちゃ！

「ソフィア・グレイドルでしゅ。よろちくお願いしましゅ」

私は椅子から降り、挨拶のカーテシーをする。

「ブッッ！」

「へぁ？」

吹き出した？

「きっ、君はっ……五歳にもなって、なんなの？　その幼児語は！　あははっ」

あからさまに私の事を馬鹿にしているジーニアス様。自分が頭がいい事もあり、バカを見下す傾向があるのは知っているけども、その態度はさすがにイラッとする。

そう考えるとアイザック様は同じ五歳児なのに、私の話し方をいっさいバカにしなかったな。

「はぁ……この僕が、こんな無能なバカに時間を割かないと行けないなんて」

無能なバカって言った？　どれくらい天才児か知らないけどね！

五歳時の勉強レベルなんてね！

大人の私からしたら、鼻くそほじって茶を沸かしながらでも解けるんだから！

あー分かった。売られた喧嘩は買いますよ。

「わたちが無能にゃバカ？　今言っちゃ事、取り消しちぇもらいましゅ！」

「はぁ？」

ジーニアス様が、何を言ってるんだコイツと言わんばかりに私を見る。

「わたちと勝負ちて、わたちが勝っちゃら、しゃっきの事を謝ってもらいましゅよ！」

「ははっ、稀代《きたい》の天才児と言われてるこの僕に？　勉強で勝てるって？」

「しょうよ！」

「ははは、っ。こりゃ良いやっ。負けたらどーするんだよ？」

「にゃんでも言う事聞きまちゅ」

「本当だな？　よしのった！　なんの勝負だよ？」

ジーニアス様が少し顔を斜め上に傾け、バカにしたように私を見る。

「算数の引きじゃんと足しじゃん」

「はぁ五歳児以下レベルだね？　僕は掛け算も割り算も全て解けるけどね？　まぁ君のレベルに合わせてあげるよ」

偉そうに言ってられるのも今のうちだけなんだから。だって外見は五歳児だけども、中身は成人した大人なんだから。

「しちゅじしゃーん！　紙とペンを持って来ちぇ下しゃい」

「畏まりました！」

執事さんに紙とペンをもらい、問題を紙に書く事にしたのだ。

この滑舌だとマトモに問題も言えないからね。

「では、こにょ紙にお互い問題を書いて、出し合うんでしゅ。でもしょれは、自分も答えが分かりゅ問題じゃないとダメでしゅ」

「はいはい……君が解けるレベルに下げてあげようか？　僕はね、四桁《けた》の足し算も引き算も一瞬で解けるんだ。可哀想だから三桁《けた》にしようか？　どうせ問題は五＋八＝とかだろ？」

ジーニアス様がバカにしたように私を煽《あお》る。そんな事ムシムシ。

「じゃいきましゅよ？」

【二兆五百六十億九千七百八十万　－　一兆六千五百億八千七百七十九万＝？】

【三百四十四　＋　百九十五　＝？】

同時に紙に書いた問題を出す。

「えっはっ？　はぁ？」

「はいっ、分かりまちた！」

動揺しているジーニアス様を差し置いて、私は答えをスラスラっと紙に書く。

【五百三十九】

「えっ？　もう答えが分かっ……」

「早く、わたちの問題のこちゃえ！」

「あっ……あんな桁《けた》違いの問題を直ぐに解ける訳がないだろ！　お前にこんな問題が解けるのかよ！　適当に書いたんだろ」

「もう解けまちた」

【四千六十億一千一万】

私は答えを書いた紙を誇らしげに見せる。

「なっ！　デタラメだ。今すぐ計算の魔道具を使って確かめろ！」

ジーニアス様が珍しく声を荒らげたので、執事さんも慌てて魔道具を取りに行く。

「さぁ、どうなんだ？」

「……正解です」

「なっ！　そんなっ。それは覚えていた問題なんだろう？」

「じゃあ次はジーニアスしゃまが問題をだちて下しゃい」

「いっ……いいだろう……」

ジーニアス様はこれは解けないだろうって顔をしてつぎつぎと問題を出したが、こんなの余裕のよっちゃんだ。なんで余裕なのかって？　私は暗算には自信があるのだ。

中学生の時、暗算の全国大会にでて、三位だったんだから。エヘン。

一位じゃなかったけど、三位でも凄いよね？

「くっ……完敗だ。認めよう、ソフィア嬢はバカじゃないよ。バカにして済まなかった」

「分かっちぇくれたならいーんれすよ」

ジーニアス様は、私に負けて今にも泣きそうだ。

「あにょ……どうしたの？」

「ふっ……どうしたって？　勉強が僕の唯一自慢出来るところだったんだよ。それも君に負けた僕にはもう何もない」

そう言ってガクッと肩を落とすジーニアス様。勉強で負けたくらいで大袈裟《おおげさ》すぎるよ。

「そんな事ないでしゅ」

「兄弟がいない君には分からないだろうな？　僕には優秀な兄がいる。兄は武術と魔力に長け、八歳でありながらその才能を生かし、領民達を助けているんだ。僕が兄に勝てるのなんて頭脳だけだったのに」

……そうか勉強が出来るって事が、ジーニアス様の唯一の誇りだったのね。

「一つでも勝ちぇるなら、凄いでしゅ！　わたちは計しゃんが得意なだけで、他はジーニアスしゃまに勝てましぇん。でも一つでもジーニアスしゃまに勝ちぇた事は嬉ちい。しょれだけじゃダメ？」

私がそう言うとジーニアス様は目を見開き驚く。

「そうか……そうだよな。一つでも勝てるところがあるんだ！　そうか……ふふっ、僕にはお兄様に勝てるところが一つある……か。ははっ」

ずっと顰《しか》めっ面していたジーニアス様が、子供らしい無邪気な顔で笑った。

「笑っちゃ……」

「なっ……僕だってたまには笑うよ！」

ジーニアス様が照れ臭そうに私を見る。

「ふふっ、笑っちゃ方がいいでしゅね」

なんだかその姿が可愛くって、満面の笑みで返す。

「なっ……あっわっ」

ジーニアス様は口を押さえて真っ赤な顔で固まってしまった。

「ジーニアスしゃま？」

「あっ……やっ、何でもない……子豚が可愛く見えたなんて気のせいだ」

「んん？　なんちぇ言いました？　早口で聞き取れまちぇん」

「なんでもないよっ」

そう言うとジーニアス様はそっぽを向いてしまった。

変なの。でも困ったな。この二人きりの時間、何をしよう？

あっそうだ！

「ジーニアスしゃまは【リバーシ】ちぇボードゲームを知ってましゅ？」

「リバーシ？　ああ、今流行っているみたいだね。勉強が忙しくて、僕はした事がないけどね」

「じゃあ、いっちょにリバーシで遊びまちょう」

「いっ……いいけど」

私は前世でオセロにハマっていた事がある。この世界では【リバーシ】という名前で存在する事を知り、今またオセロブームが来ているのだ。

稀代《きたい》の天才児……どんな手で来るのかな？　ふふっ楽しみだ。

ジーニアス様にリバーシのルールを説明し、ゲームスタートだ。ワクワクする。

「分かりまちたか？」

「単純なゲームだな」

「ふふっ……そう思うでしょう？　こりぇが奥が深いんでしゅよ」

「次は僕も負けないからね？」

「わたちもよ」

◆

「クックソッ……負けたぁ」

「ふふふっわたちの勝ちでしゅ」

「もう一回だ！　このゲーム、ソフィア嬢の言う通りだな、中々面白い」

「でちょう？」

私はジーニアス様がオセロにハマってくれた事が嬉しくてニコニコしていると。

「はっわっ……」

またジーニアス様は固まってしまった。

「ジーニアスしゃま？　勝負は？」

「あっやっ……次は僕が勝つ！」

「ふふっ……負けましぇんよ？」

私はジーニアス様とするオセロが楽しくて、自分に向かって走って来る気配に全く気付かなかった。気がついた時には、目の前にアイザック様が立っていた。

「ソフィア？　何してるの？」

「アイザックしゃま……！」

アイザック様？　笑ってるけど目が笑ってないよ？　一番にアイザック様に会いに行くって約束破ったから？　もしかして怒ってるのかな？　だっていなかったんだもん。

どーしよう……新しいフラグが立っちゃった？

「あっあにょ……アイザックしゃま？　怒っちぇ……る？」

恐る恐るアイザック様に話しかけると。

「えっ、なんで僕が怒るの？」

あれ？　怒ってないの？

「しょれは……一番っていう約束を守れなかっちゃから？」

「そんな事で怒らないよ。だって僕も一番に会いに来てねって言っときながら、剣の稽古《けいこ》に付き合わされてね。やっと今、会場に来たところなんだ。僕の方こそ遅れてゴメンね？」

「しょれは……気にしちぇないのでだいじょぶ」

私がそう言うと、アイザック様は肩を落としてため息をついた。

怒ってないと言うけれど、やはり様子が少し変。

「……はぁ。本当なら、僕が一番に会場に来て他の子息達《やつら》なんかに会わせず、僕だけがソフィアを独占するつもりだったのに……楽しそうにリバーシなんかして！　くそう」

アイザック様が口元に手を当て、何かブツブツ呟いている？　声が篭って聞こえない。

「あっ、あにょ」

「んん？　なんだい」

「本当に怒っちぇない？」

ずっと何かピリピリしてる気がするんだけど……。私が不安げに見つめると。

「もちろん」

アイザック様がやっと優しい笑顔で微笑んでくれた。

「良かっちゃあ」

「ねぇ、ソフィア嬢？　また痩せた？」

「分かりまちゅか？　シャンキロも痩しぇたんでちゅよ」

「だからか……また可愛くなって、顔が少し細っそりしてソフィアの綺麗な瞳がさらにキラキラしてるよ？」

アイザック様は褒め上手で、そんな風に言われると、なんだか少し照れる。

「えへへっ、ありがちょ」

私とアイザック様が、仲良く話してるのが不思議なのか、黙って様子を見ていたジーニアス様が、話しかけてきた。

「アイザック。お前……僕の事は無視かよ？」

「ごめんごめん。ついソフィアに目がいっちゃって。っていうかジーニアスとは昨日も会ったよな？　今更挨拶とかいいだろ？」

「まぁ……そうなんだが、そのっ、やけにソフィア嬢と仲が良いんだな」

「そりゃあね？　何度もグレイドル邸に遊びに行った仲だから」

「なっ！　遊びにだと？」

ジーニアス様が席から立ち上がる。

「何を興奮してるんだよ？　ジーニアスもグレイドル邸に遊びに来たかったのかい？」

「あっいやっ……ゴニョ……それは違わないというか……僕も行きたい……かな？」

「チッ」

えっ？　今アイザック様、舌打ちしなかった？　気のせい？

ジーニアス様は何言ってるのかいまいち聞こえないし……

「あによ……」

これは何か声をかけるべき？

「ソフィア？　隣に座っていい」

「はいっ」

アイザック様が椅子を近付けて横に座った。

「あっ、おいっ！　近すぎないか？」

ジーニアス様が近すぎだと騒ぐ。いつもアーンしてたからこの距離だったけど、もしかして近すぎて行儀が悪い？

「アイザックしゃま、もしかして近いとマナー違反？」

「んん？　僕達はまだ五歳だよ？　席が近いくらいでマナー違反な訳ないよ」

「しょっ、しょっか……」

じゃあなんでジーニアス様は、あんなに騒ぐの？

今も対面の席からジーッとコッチを見ている。その眉間にはシワが寄っている。

「ねぇ、ソフィア？　おからクッキーは今日も持ってるの？」

「モチロン！　小腹がしゅいた時のために、持ち歩いてまちゅよ」

「僕さっき運動したから、お腹がちょっと空いちゃって……もらっていい？」

アイザック様がいつものように子犬のように甘えてくる。この顔にお姉さんは弱いんです！

「もちろんでしゅよ」

私がクッキーの入った袋を、アイザック様に手渡そうとしたら。

「ソフィア？　アーンしてくれないの？」

可愛いく小首を傾げておねだりしてきた。可愛い過ぎる！

子犬ちゃんめ、お姉さんをメロメロにする気ね？

「いいでちゅよ」

私がアイザック様にアーンしようとしたら……

「ちょーっ！　何してるんだよっ」

ジーニアス様が大きな声を出して席から立ち上がる。

「もう……いちいちうるさいなぁ。アーンだよ。ねぇソフィア」

「でしゅ」

「あっあっ……アーンって……ずるいっ！　僕だってソフィアからしてもらいたい」

ジーニアス様は何かぶつぶつと喋ってるけど、何を言ってるかは声が小さい上に席も離れているので全く聞こえない。

また横で、アイザック様の舌打ちが聞こえたような気がしたんだけど。

アイザック様を見るとニコニコしてるし、気のせいだろう。

「ソフィア。アーン」

アイザック様が可愛いく口を開けて待っている。

「はい、アーン」

「ふふっ、やっぱりソフィアから食べさせてもらうのが一番美味しい」

「よかっちゃ」

「あーー！！」

ジーニアス様が大声を出し、こちらを指さしてプルプルと震えている。

どうしたのかな？　急に声を荒らげて。

「ジーニアス……うるさいよ？　それに人に向かって指差しをしたらダメだろ？」

アイザック様に注意されるも、ジーニアス様はこちらに歩いてきた。

「ぼぼっ、僕もっそっちに座る！」

ジーニアス様は、アイザック様とは反対側の椅子を近付け、私の横に座った。広い席がギュウギュウだ。

「なっ、なんでこっちに来たんだよ」

「ぼっ……僕だってクッキーが食べたいんだっ。そっそれで……あっアーンして……」

「なんで君にアーンしないといけないんだよ？　ダメに決まってる」

「なんで君が断るのさっ」

「ソフィアのアーンは僕だけなの。特別。分かった？」

「そんな訳ないだろ！　僕にだって権利がある！　そうだよね、ソフィア？」

「ダメだよな？　ソフィア？」

二人が一斉に私を見る。

「ぷぷっ、あははっ。なんでアーンで、ケンカしゅるんでちゅか？　ケンカしたら、アーンはちましぇん」

「「えっ!?　それは困る！」」

アーンして欲しくてケンカとか、二人とも大人ぶってても、まだまだ子供。甘えたい盛りなんだな。ふふっ、なんだか微笑ましくて笑ってしまった。

◇ジーニアスの気持ち

僕にはなんでも出来る兄がいる。僕より三つ上の兄、ジーグェンだ。

剣も魔法も誰よりも早く上手くなり、巷《ちまた》では氷の貴公子などと言われている。何故氷なのかというと、髪の色が水色だからだろう。それに兄の剣は氷を纏《まと》って攻撃する。それもある。

僕はそんな兄が憧れであり、劣等感《れっとうかん》に苛まれる。だって何も僕は持ってないから。

ある時、家庭教師がこう言った。

「ジーニアス様は稀代《きたい》なる天才ですよ！」

何も勝てないと思っていた兄に、僕は勉強で勝てたのだ。嬉しい。

僕はそれから必死に勉強した。毎日勉強さえしていれば安心だった。

それが僕の唯一の自信だから。

そんな時……

「王家主催のガーデンパーティーがあります。ジーニアスも行くのですよ」

正直いって行きたくない。そんな事する時間があるなら、勉強していたい。

「お母様、行かないとダメでしょうか？」

「これは王家主催の四大公爵家の子息達との顔合わせの意味があるのです。絶対に欠席する訳には行きません」

顔合わせ？　わざわざそんな事をする必要がある？

「子息ったって、僕は皆と会っている」

「グレイドル公爵家令嬢ソフィア嬢とは、会った事がないでしょう？」

「……あっ！」

そうか……僕は意味が分かってしまった。コレはソフィア嬢のためのパーティーだ。僕達の中から婚約者を決めるんだ。はぁ……余計に行きたくなくなった。

ソフィア嬢といえば、わがままで気に入らない事があると直ぐに癇癪《かんしゃく》を起こす令嬢だと噂で聞いた。なんでそんな令嬢の相手をしなきゃならないんだ。婚約者になんて絶対に選ばれたくない。

パーティー当日は、会場に向かう馬車から飛び降りて逃げようかななんて考えていた。

そんな事は勿論しないけど……それくらい逃げたいって事。

王宮につき執事に案内され会場に向かうと、案内された場所には子豚が座っていた。

まさか……あれがソフィア嬢か？　思わず声をかけてしまう。

振り向き挨拶をした彼女は、五歳児にもなって幼児語をしゃべる子豚だった。

体調管理もできないデブ。

僕はこんな無能な奴のために、大事な勉強の時間を割かないといけないなんて。

どうやら思った事が口に出てしまったみたいだ。目の前の子豚がプルプルと震えて怒っている。

子豚が僕に勝負しろと言ってきた。

稀代《きたい》の天才と言われている僕に、勉強で勝負を挑むなんて、本当バカな子豚だ。

——そう思っていたのに。


僕は簡単な引き算で負けた……なんだよあの桁《けた》は。あんな位まで、まだ習ってないよ……

子豚っ、いや、ソフィア嬢はバカじゃなかった。

話し方だけでバカと決め付ける、僕の方が愚かで滑稽《こっけい》だ。

落ち込んでいたら、ソフィア嬢が話しかけてきた。そして何故か僕は、兄の話をソフィア嬢にしてしまった。

「一つでも勝ちぇるなら、凄いんでしゅ！　わたちは計しゃんが得意なだけで、他はジーニアスしゃまに勝てましぇん。でも一つでもジーニアスしゃまに勝ちぇた事は嬉ちい。しょれだけじゃダメ？」

僕は……ソフィア嬢の言葉でまるで魔法にかかったみたいに……今まで必死だった勉強はなんのためにしていたのか分かってしまった。

僕は勉強で兄に勝てて嬉しかったはずなのに、その気持ちを忘れ、いつしかまたその勉強でも兄に負けると思い込んでいた。それが怖くて必死に勉強していた。何をしてるんだか。

ソフィア嬢の魔法の言葉で、僕は勉強の呪縛《じゅばく》からやっと……解放された。

解放感からか嬉しくなって僕が笑うと。自分の事のように笑うソフィア嬢。

その姿はなんだか可愛くて……胸があたたかくなった。

初めて会ったのに、なんて心地のいい時間なんだろう。

ソフィア嬢が巷《ちまた》で流行っている、リバーシというゲームをしようと言ってきた。

僕は勉強ばかりして、ゲームなど全くした事がなかったけど、あまりにソフィア嬢が楽しそうに説明するから試しにしてみると、リバーシは物凄く楽しかった。

ゲームで負けたけど全く悔しくなかった。

勝って喜ぶソフィア嬢の笑顔が可愛くってキューッと僕の胸を締め付ける。こんな胸の高鳴りや、幸せな苦しさは知らない。

その笑顔をもっと見たくて、ゲームの中で色んな顔をする可愛いソフィア嬢が見たくて、もう一回リバーシをしようと何度も挑戦した。

ゲームの勝敗なんてもうどうでもよかった。

ソフィア嬢の色んな笑顔が見れたら。僕はそれだけで幸せだった。

ゲームの時間は楽しくて幸せだった、このまま時が止まればいいのにとさえ思った。

でも幸せな時間は続かないもので、邪魔が入った。アイザックが後からやって来たのだ。

何故かアイザックは、ソフィア嬢と既に仲が良かった。

今日が初の顔合わせじゃなかったのか？　僕が不思議そうにポカンとしていたら。アイザックは何度もグレイドル邸に遊びに行ったと自慢げに言ってきた。

さっきまで幸せだった胸が苦しい。嫌だ。僕だってソフィア嬢を独占したい。

そしてアイザックは僕を煽《あお》るように、ソフィア嬢の横にベッタリ座った。

近すぎる！　なんだアイツは。アイザックってあんな事するやつだったか？

何に対しても興味ない感じだったじゃないか。

そしてアイザックはソフィア嬢にアーンを要求し、あろう事か……してもらっていた！

ずるいっ、僕だって！　アーンしてもらいたい。僕だけにして欲しい。

この感情がなんなのかは分からない。

でもソフィア嬢を取られたくない。いつも隣にいるのは僕でありたい。

ソフィア嬢の隣は僕だけの物。アイザックにだって絶対譲らない。

◇

アイザック様とジーニアス様は、二人で楽しそうにワイワイしているが、私はそれどころではなくなってしまった。

やばい！　トイレに無性に行きたい。

ガーデンパーティーにくる前に、ちょっとデトックスティーを飲み過ぎたようだ。

どうしよう。トイレに行きたいとかって、この世界の令嬢は絶対に言わないし……困った。

このピンチ、どーやって切り抜ける⁉

「ソフィア嬢？　何黙ってるの？」

私の異変に気付いたアイザック様が、話しかけてきた。

だが私はもう、それどころじゃない！　漏れる寸前だ。

これはもう淑女《しゅくじょ》がどうとかって言ってられない。漏らす方が恥ずかしい。

「あっ、あにょ……わたち……ちょっとっ……そう！　お花を摘みに行ってきましゅ」

そう言うと、トイレに向かって思いっきりダッシュするも、途中で場所が分からない事に気付き、パニックになりかける私。すぐさま異変に気付いたメイドが案内してくれた。

「えっ、ソフィア嬢。花摘みなら僕も一緒に……」

「ちょっ!?　ジーニアス！」

どうやらジーニアス様が後をついて来そうだったのを、アイザック様が止めてくれようだ。

「バカッ！　それはトイレに行くって事だよ」

「あっ……！」

◆

ふぅぅ、どうにか漏らさずに間に合った……危うく人としてダメになるところだった。

スッキリしアイザック様達がいる庭園に戻ろうとしたら、座り込んでいる男の子を見つけた。

「えっ？　もしかして体調が悪い？」

私は慌てて座り込んでる男の子のところに走って行く。

「ねぇ？　だいじょ……」

「止まって！」

ふぇ？　男の子が急に声を出し、止まれと言ってきた。

私は言われた通りに、ピタッと足を止める。

「ゴメンね？　ほらっ、ここに蟻《あり》が歩いてるだろ？」

言われて足元を見ると、蟻《あり》が行列をなし歩いていた。

「ほっ……ほんちょだ」

「僕はね？　この蟻《あり》を見ていたんだ」

「蟻《あり》を？」

「そうだよ。蟻《あり》達はね、皆が協力して、道に迷わずちゃんと列を乱さず歩いているんだ。凄いよね、なんでか分かる？」

「しょれは蟻《あり》だけに分かる匂いを出しているからでちゅ」

「すっ凄い！　なんで知ってるの？　僕は最近やっと気付いた所なのに！」

目を丸くして私を見る男の子。

ふふふっ。小学生の時の自由研究で、蟻《あり》の生態を調べたのだ。この知識が今役立つなんて。

「わたちも蟻《あり》を調べちぇいた時が、あったんでちゅよ」

「そっ、そうなのか……君は女の子なのに虫が嫌じゃないんだね」

「もちろん」

男の子は私は虫が嫌いじゃないと言うと、嬉しそうに笑った。

「僕は、ファーブル・スティアート。よろしくね」

「あっ……‼　ソフィア・グレイドルでちゅ。よろちくね」

ファーブル・スティアート！　スティアート公爵家の三男。

そうだ！　スティアート家の特徴である、緑色の髪をしているじゃない。

なんで気づかなかったんだろう。

スティアート公爵家は魔法一族と言われる程に、皆魔力数値が高い。中でもファーブル様は例を見ない魔力を発揮し、後に『大賢者ファーブル』と言われるようになるのだ。

悪事がバレて必死に逃げる屑ソフィアを魔法で捕まえたのが、このファーブル様だ。

「君がソフィア嬢か……聞いてた話とは違うね」

「えっ？」

「んんっ……なんでもないよ」

「ところでファーブル様は、なんでこんなところにいるんでしゅか？」

「僕？　お茶会とか興味ないしね？　だったら大好きな虫を見ていた方が楽しいし」

「なるほど！　その気持ち分かりましゅ」

私も好きな筋トレ以外の事を、無理やり強要されると嫌だったのを思いだす。

「えっ？　気持ち悪くないの？　僕のお姉様は気持ち悪いって、いつもバカにしてくるのに」

「しょんな！　好きな事は人しょれじょれでちゅ！　しょれを気持ち悪いとか言う権利はないでちゅよ！」

「そんな事言ってくれたのは、君が初めてだよ……皆、虫なんかより魔法の勉強をしろっ！　お前は勉強を怠けてるっていつも言われて……。僕は大好きな虫を研究出来たらそれでいいのに」

そう言ってファーブル様は、シュンッとした顔をして俯いてしまった。

「うーん。好きな事だけをしたい気持ちは凄く分かりゅ。でもお勉強も大事、文句を言わせないちゃめに、先に勉強を終わらしぇるんでちゅよ！」

「先に勉強を？」

「はい。しょしたら後の時間は、ご褒美タイム。好きなだけ虫が見れるんでちゅよ！　誰にも文句言わせましぇん」

「そうかっ……そうだよね。先に終わらせて文句を言われないようにしたら良いんだ！　簡単な事……ご褒美タイムかっ。最高の言葉だな」

ファーブル様は突然笑いだした。その笑顔は何かを吹っ切れたかのように、キラキラと眩しかった。

「ソフィア嬢、君は最高だよ。僕、君の事が気に入った。僕と友達になってくれる？」

ファーブル様が手を出してきた。私はその手を握り返して返事をする。

「もちろんっ、良いでちゅよ」

「ふふっ、君みたいな女の子は初めてだ」

少しの間ファーブル様と蟻《あり》を見ていたら、自分がトイレに行って、アイザック様のところに帰る途中だったという事を思い出す。

「あっ……しまっちゃ！　アイザック様達の所に戻らにゃいちょ」

「えっ……ソフィア嬢、行ってしまうの？　なら僕も行く」

ファーブル様も一緒に行くと言うので、私とファーブル様は仲良く手を繋いで、アイザック様達が待つ庭園へと向かった。

◇ファーブルの気持ち

スティアート家は、代々魔力数値が高い者が生まれる事が多い。

そしてそのほとんどは魔法師などの職業につく。

中でも僕は、ずば抜けて高い魔力数値を持って生まれた。皆の期待が僕に集中する。僕は魔法なんて勉強したくないのに、皆口を開けば魔法を勉強しろと言う。

そんな時、僕はひょんなことから色んな生態を持つ虫に興味が湧き、いつしかそればっかり研究するようになっていた。

そんな僕の姿を見て、姉達は気持ち悪いとバカにする。

お父様はそんな事よりも、魔法の勉強をしろと言ってくる。

僕には自由はないの？

僕だって好きな事をしてもいいじゃないか。どうして僕のやりたい事を勝手に決めるんだ。

僕は魔法訓練から毎日逃げた。だってしたくないんだもの。長いお説教が待っているのが分かっていても。これは僕なりの反抗だったのかもしれない。

そんな時、ガーデンパーティーがあるとお母様が話してきた。

いつもなら、参加不参加は自由だったのに、今回は絶対参加だった。どうやら、巷《ちまた》で噂になっている癇癪《かんしゃく》令嬢との顔合わせがメインだと、お姉様が教えてくれた。

「可哀想ね～、そんな令嬢の婚約者に選ばれでもしたら、終わりよね。あははっとバカにしたように付け加えて。

なるほどね。まぁ僕には関係ないけどね。会場には行くよ。会場にはね。それがパーティ会場かは知らないけれど。

ガーデンパーティーの日。

会場に着くと僕はパーティー会場には行かず、離れた場所で蟻《あり》を見ていた。

すると僕の目の前に不思議な令嬢が現れた。なんだろう、初対面なのに全く嫌な気がしない。

僕と一緒に蟻《あり》を見て、楽しそうに笑う。ニコリと微笑む笑顔は、僕までつられて笑ってしまいそうになる。こんな令嬢がいるのか。

「ソフィア・グレイドルでちゅ。よろちくね」

なんと不思議な令嬢は癇癪《かんしゃく》令嬢だった。噂と全然違うじゃないか。

「好きな事は人しょれじょれでちゅ！　しょれを気持ち悪いとか言う権利は誰にもないでちゅよ！」

僕の虫好きも気持ち悪いと言わない。こんなに色んな事を、人と話したのは久しぶりかもしれない。

だからなのか、ついつい誰にも言ってなかった、情けない事を言ってしまった。

それを聞いたソフィア嬢の意見が面白かった。説教する訳でもなく、ダメ出しする訳でもなく。

新しい提案をしてくれた。

「ご褒美タイム」

簡単な事なのに、ソフィア嬢から言われたからなのか、何年も抱えていた僕の中のシコリが消えた。「ご褒美タイム」のためにする、魔法の練習も嫌じゃなくなった。

心が楽しい気持ちで満たされていく。

ソフィアの言葉は不思議だ。

虫以外で興味を持ったのは君が初めてだ。ソフィア嬢。

◇

ファーブル様と手を繋ぎガーデンパーティー会場に戻ると、アイザック様が物凄い形相をして走って来た。……と思ったら、ファーブル様と繋いでいた手にチョップをし、引き離して私の手を取り席へと座らせた。

「あっ……あにょ？」

「んん？　どーしたのソフィア？　お花を摘みに行ってたんじゃなかったの？」

アイザック様がなんでファーブル様と一緒なのか質問してくるんだけど。

なんで⁉　またアイザック様が笑ってるのに笑ってない！

帰って来るのが遅かったから？

もしかして……ウンピーをしてたと勘違いされてる⁉

パーティー中にウンピーするクソ野郎と思われた⁉

「おっ、お花を摘みに行きまちて……その後ファーブルしゃまと偶然会いまちて……」

「偶然会ったの？　そうなんだ。ならいいんだ。遅かったから何かあったんじゃないかと心配してたんだよ？　……あの人嫌いのファーブルが手を繋ぐとか……あり得ない。まさかファーブルまで⁉」

後半何を言ってるのか分からないけれど、これは絶対に謝った方がいいよね？

「……ゴメンなしゃい」

私とアイザック様の会話を聞いたファーブル様が……

「なんでソフィア嬢が謝るのさ？　アイザック？　ソフィア嬢は君のものじゃないだろ？」

なぜかそう言って、ファーブル様は私を自分の方に引き寄せる。

「そうだね？　君のモノでもないけどね？　昆虫博士」

すると再びアイザック様が私の手を取り、フェーブル様から離す。

「なっ……変食皇子に言われたくないね」

これはちょっと……不穏な空気に……そしてなんで私は二人の間を行ったり来たりしているのか。

止めようとしたその時！

「皆もう集まってるのかー！　こんなパーティー嫌だ嫌だってさんざん言ってたのに、気でも変わったのか？」

突然、赤髪の男の子がガハハと笑いながら現れた。

この赤い髪色は……

「「アレス！」」

皆が口を揃えて名前を言う。

「アイザックとファーブルは何を言い合ってたんだ？」

「なんでもないよ！　っていうか僕は君の稽古《けいこ》に付き合って、パーティーに遅れたんだよ？」

「はぁ？　アイザック、お前パーティーに行きたくないって言ってたじゃねーか？」

アレス様が不思議そうに言って、頭をポリポリと書く。

「ななっ、何言って!?　いっ、いつの話をしてるんだ！　ソフィア？　僕はそんな事は全く思ってないからね？」

アイザック様は慌てて私を見る。

大丈夫、何も気にしてないよっと言おうとしたら……

「ぶはっ！　アイザックお前っ、何をそんなに慌ててるんだよ？」

アレス様がアイザック様の肩をバンバンッと叩きながら爆笑している。

「はぁ……もういいからお前は少し黙れ！」

「なんだアイザック？　何怒って……」

アレス様が何か言おうとした時、私とバチッと目があった。

「ギャハハッ！　なんだこの子豚は！　太すぎるだろ」

アレス様は私を見て、子豚と大笑いする。

あーそうだった。思い出した。

このガーデンパーティーの一番のフラグ、アレス・マッスール。

後に剣聖《けんせい》と言われる程になる次期王立騎士団長。

マッスール公爵家次男アレス様は、このガーデンパーティーにてソフィアの事を子豚と罵り、それにキレたソフィアが馬乗りになって殴りかかり、ボッコボコのフルボッコにするのだ……

女に負けたと、腕力に自信があったアレス様の心はズッタズタ。

マッスール公爵家は広大な領地を持ち、グレイドル家と共同で色々な新商品を開発していた。

だが、このフルボッコ事件により、公爵家との付き合いが徐々に疎遠になっていき……グレイドル家は衰退していくのである。

あーー！　このガーデンパーティーイベント、一番のフラグ登場。

どうするソフィア？　っていうか。当時のソフィアはまともに歩けないクセに、のちの剣聖《けんせい》をフルボッコ出来る腕の力よ……

ソフィアの腕力どうなってるんだ!?　そんな力があるならなんで歩かないんだ。

「おいっアレス！　ソフィア嬢に対して失礼だろっ、謝れ」

ジーニアス様までもが仲裁《ちゅうさい》に入ってくれる。

「はぁ？　ジーニアス、何を言ってるんだ？　なんで俺が子豚に謝るんだ？　謝るような事してねーぞ？」

「だーかーら、それが失礼なんだって！」

「どれだよ？」

アレス様は脳筋《のうきん》だからね。何が失礼とかこの年では分からないのよね。巻き戻る前もずっとソフィアの事を、豚豚と言ってたからね。だからフルボッコにされたんだけど。

「アイザックしゃま。ジーニアスしゃま。大丈夫でしゅ、わたちが太いのは間違ってましぇんし」

「「ソフィア嬢……」」

「ブッッ、あははっ。コイツ、子豚の上に赤ちゃん言葉を話してるぜっ。あははっ」

「アレス！　お前はちょっと黙れ！」

アイザック様が私を庇うように、アレス様を止めてくれる。

「なんだよっ、お前らは面白くないのかよ？」

そんなアレス様の言葉を、アイザック様は何が面白いんだといった目で見る。

ジーニアス様やファーブル様までもが冷ややかな、氷のような冷たい目でアレス様を見ている。

これは私なりのお仕置きが、脳筋《のうきん》に必要かな。

「アレスしゃま？　わたちと勝負しまちぇんか？」

「子豚と俺が？　なんの勝負をするんだよ？」

アレス様は子豚が何を言い出すんだといった風に私を見る。

「腕じゅもうでしゅ」

「腕じゅもう？　なんだそれ？」

脳筋《のうきん》に認めてもらうには、筋肉勝負しかない。筋肉勝負といったらもちろんアレ！　腕相撲でしょ。

アレス様が不思議そうに聞いてくる。

「腕じゅもうとは！　筋肉と筋肉のぶつかり合いでしゅよ！」

「ちょっソフィア嬢？　なんだい、その物騒な勝負は」

ジーニアス様が心配そうに勝負について質問してきた。

「大丈夫でしゅ。わたちが勝ちましゅから」

「なっ……！　子豚なんかに俺様が筋肉勝負で負ける訳ないだろ！」

アレス様が頭から湯気《ゆげ》が出そうな勢いでプンスカと怒る。さすが脳筋《のうきん》。

「さぁ勝負でちゅ。まじゅは肘を机に付いて、お互いの手を握りましゅ。そして力を入れて押し合いましゅ。この手が机についた方が負けでしゅ」

「そんな簡単な力勝負……俺が子豚なんかに負ける訳ない！　一瞬で勝負をつけてやるからな！」

アレス様は自分が負ける訳ないと息巻いている。

「じゃあ。アイザックしゃま？　審判をお願いしましゅ。わたち達の手の上に手を置き、〝レディゴウッ〟と勝負が始まるあいじゅしてくだちゃい」

「分かった……こうだね？」

アイザック様が優しく手をのせる。

「いくよ？　レディゴウッ！」

ドォン!!

次の瞬間アレス様の手は、勢いよくテーブルに付いていた。

「なっ……!?　嘘だろ？　そんな訳あるか」

一瞬でついてしまった勝負に、アレス様は驚きを隠せない。

それは私も同じ……なんなの、この恐ろしい力は！　ソフィアってここまで怪力なの!?

そりゃアレス様をフルボッコできるわ。

前世で培った腕相撲のテクニックを使うつもりが、必要なかった。

「納得いかない！　もう一回だ」

ドォン！　アレス様の手がテーブルに付く。

「あっ……あわっそんな……」

アレス様は状況が飲み込めないのか、ワナワナと震えて下を向く。

「どうでしゅか？　ただの子豚じゃないでちょう？」

私は少し顔を上げ、ドヤ顔でアレス様を見る。

アレス様は俯いた顔を上げたと思ったら。

「お前凄いよっ！　子豚っ……いやソフィア嬢。見直したよ。お前は普通の令嬢とは違う。なぁ？

俺と友達になってくれよ」

そう言ってアレス様は私に抱きついてきた。

「ひゃわぁっ！」

突然抱きしめられて、思わず変な声が出てしまった。

「「「何やってんだよ！」」」

アイザック様、ジーニアス様、ファーブル様が声を揃え、慌ててアレス様を私から引き離した。

「なっ何すんだよ！　俺はソフィア嬢が気に入ったんだ。友達なら抱きしめるくらい普通だろう？」

「「「普通じゃない！」」」

「なんでだよ！」

またしてもアイザック様達が、声を揃えて却下していた。

意外とこの三人って気が合う？　なんてこっそり考えていた私だった。

◇　アレスの気持ち

今日はガーデンパーティーがあるとかで父上も母上もバタバタしていた。

「アレス、今日はちゃんとした正装をして行くんですよ」

「ええ〜。……はい」

なんで正装してパーティーなんかに行かないといけないんだ。カチッとした服装は動きづらいから嫌いなんだ。

しかもどうやらこのパーティーは、グレイドル公爵家令嬢の婚約者を決めるためのものだとお兄様がコッソリ教えてくれた。まぁ、俺にはそんな事関係ないしな。気にしなくてもいいよな。

パーティー会場に着くとソワソワしているアイザックを発見した。

「アイザック、こんな早くに珍しいな」

「げっ、アレスか。そう言う君も早いじゃないか」

「げってなんだよ。俺はな？　お父様が用事があるとかで、予定時間よりも早くに連れてこられたんだよ」

「そうなんだ」

アイザックもいるしちょうどいいな。剣の稽古《けいこ》でもするか。

「なぁ、アイザック。まだ時間も早いし、剣の稽古《けいこ》に付き合えよ」

「ええ？　僕は予定があるから、この会場にいるよ」

「まぁまぁ、そう言わずにな？　にははっ」

「ちょっ!?　アレス！」

アイザックが何か言っていたが、有無を言わせず連れて行き王宮にある稽古《けいこ》場へと向かった。

だが。小一時間もするとアイザックが「もうこんな時間じゃないか！　パーティーに遅れちゃったじゃないか」とブツブツ文句を言って稽古《けいこ》場を慌てて出て行ってしまった。

「アイザックのやつ。何をそんなに慌てて？　つまらないパーティーなんて遅刻してもいいだろ？」

変にクソ真面目なんだからな。

俺はもう少し稽古《けいこ》をするか。パーティなんてこのままサボってもいいしな。

などと思っていたが。お父様に見つかり、俺も会場へと向かう事になるのだった。

パーティー会場に着くと。

そこには幼稚言葉を喋る子豚が、みんなの中心にいた。

なんだこの面白い生き物は。あまりにも面白くて子豚と笑っていたら。

アイザック、それにジーニアスや人に全く興味のないファーブルまでが怒り、なぜか子豚の味方をする。なんだってんだ？

「アレスしゃま？　わたちと勝負しまちぇんか？」

俺にバカにされたのが悔しかったのか。子豚がこの俺に筋肉勝負を挑んできた。

俺が筋肉勝負で負ける訳がないだろーが。

バカな子豚だ。この俺の鍛えられた筋肉が見えねーのか？

アイザック達は、なんでこんなおバカな子豚に付き合ってるんだ？

などと思っていたが。

……結果は俺の敗北だった。

この子豚は、いやソフィア嬢は、ただの子豚じゃなかった。

「ククッ……」

なんだよ。面白いじゃないか。それに……笑った顔もなんだか可愛いし。

そうだな友達になるのも悪くないな。

「なぁ？　俺と友達になってくれよ」

俺はそう言って友達の抱擁《ほうよう》をしたら、アイザック達が急に怒り出した。

なんでそんな事で怒るんだよ？

ソフィア嬢が女だからだと？

そんなの関係ねーよ。男の真剣勝負の後の抱擁《ほうよう》と握手はつきもんだろ？

女なんかに全く興味なかったが、コイツは……ソフィア嬢は面白いかもしれねーな。

◇

ガーデンパーティーはフラグも立たず無事？　に終わった。

あの後現れたお母様達はテーブルに仲良く座る私達を遠まきに見ていた。。

でもね、お母様？　私達はそんな微笑ましい事なんて全くしておらず、筋肉のぶつかり合いをしていたんですよ。

あの後何故か腕相撲大会になり、私VS皆で代わりばんこに勝負した。

負けるのに……皆何回も勝負を挑んでくるんだよなぁ。

アレス様以外は顔も赤かったし……そんなに無理してまで勝ちたいのかな。まぁ男の子って感じだね。

そして平穏な日常がやって来ると思いきや……

「ソフィア嬢！　この体勢は中々キツイな。なんだっけドンカントレーか？」

「アレスしゃま？　体幹《たいかん》トレーニンギュでちゅわ」

「そうっそれそれ！」

何故か三日にあげずに、あのメンバーが代わる代わるグレイドル邸に遊びに来るのだ。

もう、毎日誰かがグレイドル邸にいる。

今日はアレス様だ。

前の時は誰も遊びに来なかったけどね。これも私がダイエットしたり、悪い事をしないから運命が変わってきてるのだろうか……とにかくいい方向に変わってますように！

「おいっソフィア嬢。何をそんな難しい顔をしてるんだ？　ところで、いつまでこのポーズするんだ？」

「では、二十秒休憩！」

「ふぃぃ〜っ」

アレス様は何故か私のトレーニングが気に入り、遊びに来ると毎回私と一緒にトレーニングをするようになった。まぁ一人でするより楽しいからいいんだけどね。

筋肉仲間が増えたわ。ふふっ。

「ちゅぎは、プランク！」

「プランク？」

「うちゅ伏せになっちぇ、手とつま先だけで体をしゃしゃえるアレでしゅよ！」

「ああっアレな！　キツいんだよなぁ……」

「今日は一分間をしゃん回！」

「マジかぁ！　なかなか鬼だぞ、ソフィア嬢」

「ふふふ」

◆

「はぁーちかれた！」

「これで、ソフィア嬢の筋肉に少しは近付けたかなっ……はぁっ」

今日は外で筋トレをしていたので、私とアレス様はそのまま芝生《しばふ》に寝っ転がっている。淑女《しゅくじょ》としてはあるまじき行為だが、横で転がってるのは脳筋《のうきん》アレス様だし、全く気にしなくていいだろう。

シルフィがそよそよと心地よい風を、私達に送ってくれる。

気持ちよくって寝ちゃいそうだ。

「ソフィア嬢？　何してるの？　アレスもな？」

「アイザックしゃま！」

気が付くとアイザック様とメイドのリリが立っていた。

何故かアイザック様は、私が他の誰かと遊んでいたら毎回機嫌が悪い。

きっとコレはあれだよね。自分が一番最初に友達になったのに、他の人が仲良くしてるのが気に入らないっていう、子供によくある独占欲ってやつだよね。

ふふっ。アイザック様も大人びてるけど、そこのところはやっぱり子供だね？

「アレスしゃまと体幹《たいかん》トレーニンギュをしちぇたのでしゅよ」

「体幹《たいかん》トレーニング……なるほどね？　でもねソフィア嬢。こんなところで二人で寝そべるのはどうかと思うよ？」

「でも気持ちいいんでしゅよ？　アイザックしゃまも寝っ転がってみちゃら？」

「えっ……ぼっ僕も⁉　一緒に？」

「はぁい」

アイザック様は頬を赤らめ少しモジモジしながらも、私とアレス様の間に入り寝っ転がった。

「ちょっ！　なんでその場所で寝るんだよ！」

アレス様が何やら怒ってる。狭くなったからかな？

「何処で寝ようが僕の自由だ！」

私とアレス様の間にアイザック様が寝っ転がったので、ちょっと手を伸ばせば触れる距離に。

「アイザックしゃま？　気持ちいいでちょ？」

私はへにゃりと笑い話しかける。

「うっ……うん。……この至近距離であの笑顔は破壊力ありすぎる！　ソフィアは僕をどうしたいの。可愛すぎて苦しい。アレスとソフィアの間に割り込んだはいいけど……ソフィアが近すぎてやばい」

アイザック様は私を見ると、すぐに真上に向いて、真っ赤な顔を手で覆った。

何やらまたぶつぶつと独り言を言っていたが、手で口を覆っているせいで何を言っているのかは分からなかった。

顔が赤いし……暑いのかな？　シルフィの風を強くしてもらおうかな？

◆

『ねぇ、ソフィア？　体力も大分ついてきたし、それに風魔法を体に纏《まと》えるようになったし……今日はずっと行きたがってた森の探索に行ってみる？』

日課であるマラソン《散歩》の途中でシルフィが嬉しい提案をしてくれた。

やった！　待ちに待った森の奥。

森の中にはずっと行きたかったんだけど体力がないのと、魔法がまだ上手に使えないので、シルフィからずっとダメ出しをされていた。

今日やっと風魔法を使った身体強化が出来るようになり、初めてシルフィから許可が下りた！

身体強化は風魔法を体全体に纏《まと》う事により、風の力を借りてもの凄い速さで動く事が出来る。

これの応用篇が空を飛ぶ事らしい。

風魔法のレベルは充分らしいので、空を飛ぶためには練習あるのみ。

『それでソフィア？　行かないのか？』

シルフィがなかなか返事をしない私を覗き込む。

「もっ、もちろん行きましゅ！　行くに決まってましゅ」

しまった。嬉しさの余り固まっていた。

「色んなキノコを採りたいでしゅね」

実は調理場にあるキノコは椎茸だけなのだ。

この世界のキノコは毒や不思議な現象を起こすキノコが多いらしく、皆食べられるかどうかなど怖くて味見などしないらしい。

ふふふっしかし！　私には神様から貰ったチート能力！　【鑑定】があるのだ。

この力があれば食べれるかどうかなんて、鑑定すれば一発よ！

「まいちゃけやシメジ、エリンギ！　美味ちいキノコをいっぱい見ちゅけるんだから！」

『ソフィア。嬉しいのは分かるんだけど……謎の言葉を叫ぶのはやめて？』

シルフィが呆れた目で私を見る。しまった……嬉しさの余り興奮し過ぎた。

シルフィに前世のキノコの話なんか言っても、分からないよね。

『じゃあ行くよー！』

シルフィが森へと入って行く。

私はシルフィの後を追い、初めて森へ足を踏み入れた。森の中は少し鬱蒼《うっそう》としていて、見た事もない木々が沢山生えていた。蝶《ちょう》のような虫も見た事ない模様だ……

「ちれい……」

その中でも一際綺麗な蝶《ちょう》に見惚れていると。

『あれはバクダンチョウだよ』

シルフィが教えてくれた。

爆弾？　そんな物騒な名前の蝶《ちょう》がいるの？　まさかね？

「バクダン？」

『うん。あのチョウに触るとね？　爆発するんだよ。だからバクダンチョウって言うんだ』

そのまんまかい！

『無理矢理捕まえようとしない限り、爆発しないから安心してね』

「しょーれしゅか。安心ちた」

爆発する蝶《ちょう》って、そんな話を聞くと異世界って感じだわ。

鑑定しながら歩くも、今のところ食べられるキノコに出会ってない。森に生えているキノコは、全て毒キノコだった……そんな簡単に思うようにはいかないか。

ふと、視線を逸らすと森の奥でキラキラと青く光る何かが見える……あれは何？

キラキラが気になり、私は光る場所に走って行く。

『あっ!?　ソフィア？　そっちに行ったらダメだって！』

シルフィが何か言ってるけど、気になってそれどころではない。

私は身体強化した速さで、青く光る場所に一直線。

「これは……ちれい」

キラキラの正体は美しい湖だった。こんなに綺麗な湖、見た事ない。

水面がキラキラして宝石のように輝いている。

『ソフィア！　勝手に移動したらダメだろ？』

「ごめんなしゃい……どーちても気になっちぇ」

『ここはダメだ！　移動しよ？』

シルフィが何故か慌てている。どうしたんだろう？

『何がダメなの？　シルフィ？』

『わっ！　ウンディーネ！　やっぱり居たか』

シルフィと同じ大きさの綺麗な女の子？　が、突然現れて話しかけてきた。

水で出来た長い髪の毛、体中に水を纏《まと》っていてキラキラと宝石のように輝いている。

「……ちれい」

『えっ？　綺麗？　私が？　この姿が見えるの？』

綺麗な妖精さんが私を覗き込む。

「あいっ！」

『ふふっ、分かってるわね♪』

ニコリと笑うとさらに近付いて来た。

『あらっ、やっぱり！　貴方の魔力って凄く美味しそう……！』

『こらっウンディーネ！　ソフィアはオイラのだ！　近付くな！』

『貴方ソフィアっていうの？　私はウンディーネ。水の妖精よ、ヨロシクね♪』

水の妖精ウンディーネはクルクルと私の周りを飛ぶ。その度に宝石のように飛沫《ひまつ》が煌めく。

「ソフィアでしゅ。ヨロチク」

『貴方の事気に入ったわ！　ねぇソフィア？　私と契約しない？』

『だ〜か〜ら？　ソフィアはオイラのなのっ！』

『なんでシルフィが、こんなに美味しそうな魔力を独り占めしてるのよ！　見た限りこの子の魔力量じゃ、私が一人増えたところでどうって事ないでしょ？　自分がソフィアを独占したいだけでしょ？』

『むう……』

ぷぷっ……シルフィが言い負かされてる。

『こらっソフィア！　何コッチ見てニヤニヤしてるんだよ！』

シルフィが照れ臭そうに口を尖らせる。

「べちゅにぃ？」

『ほらっ、その顔！』

しまった。顔がにやついちゃってた。

そんな私とシルフィのやり取りを見ていたウンディーネは。

『ふふっ……ソフィア貴方って最高！　ねっ？　私と契約しない？』

「けぇやく……」

『私と契約したらね？　綺麗になれる水がいつでも出せるのよ？　この水を使って料理したら美味しくなるし……どう？　最高でしょ？』

綺麗になってさらに美味しい……！　最高の水……素敵！

「けぇやくしゅる！」

『ふふっ、ヨロシクね！　ソフィア』

そう言うと、ウンディーネは私の額にキスをした。

「あちゃちゃかい……」

シルフィの時も思ったけど、妖精との契約ってあたたかくって心が幸せで満たされていく。

『じゃ早速！　どれ味見っ……あわっ……何て甘くて美味しいの！　はぁ幸せっ』

ウンディーネは私の頭の上でゴロゴロと転がり、悶えながら魔力を食べている。

それをシルフィは少し呆れ、ジト目で見ていた。

◆

『それで森で何してたの？』

私の魔力を十分に堪能したウンディーネが、不思議そうに聞いてきた。

「痩しぇるためにキノコを、しゃがしちぇたんでしゅよ」

『痩せるキノコ？』

ウンディーネが人差し指を顎に置いて首を傾げた。

「ちがっ……痩しぇる料理にょ材料ににゃる、キノコでちゅ！」

『んん？　痩せる材料？　食べたら美しく痩せるキノコなら……湖の中に生えてるわよ？　ほらっあの水色のキノコ』

「にゃにゃ！　にゃんて⁉」

今食べるだけで痩せるキノコって言った？　ファンタジーな世界だし、まさか……⁉

『食べるだけで痩せるキノコ！』

そっそんな……食べるだけで痩せる夢のようなキノコがあるなんて！　本当に⁉

私は急いで湖の中を覗く……水色のキノコが水中に生えている。

『そう。そのキノコをそのまま食べたら痩せるのよ』

ウンディーネが教えてくれた。

私は興奮して鳴り止まない胸の高鳴りを、深呼吸して必死に落ち着かせ、水色のキノコを水中から手に取り……じっと見つめる。

「こりぇが痩しぇるキノコ……」

見た目は余り美味しそうじゃないけど……痩せられるなら！

ポリッポリッポリッ……ゴクンッ。

私はキノコを食べた。歯応えは中々だけど、味は甘くて美味しかった。

——あっ！


すると……私の丸々したわがままボディが……みるみる痩せて行くのが目に見えて分かる。

数分もすると、あっという間に着ていたドレスがブカブカになった。

「わっわたちっ！　やしぇてりゅ」

凄い！　手足が細っそりしている。顔を触るもポチャポチャしてない！

どんな姿になったのか、ちゃんと鏡で見たい！

「屋敷に帰りましゅ！」

『ソフィア！　慌てるなっ。道に迷ったらどーするんだよっ！　オイラの後について来な！』

興奮の余り大暴走するところだった。ありがとう、シルフィ。

あんなに苦労しても中々痩せなかったソフィアのわがままボディ……それが！　……それが！

こんなに簡単に痩せるなんて！　早く自分の姿を見たい！

私はドキドキしながらシルフィの後を追い、森を駆け抜けて行く。

屋敷が見えてきた。森を抜けると……！

「——きっ、君は⁉」

「アッ……アイザックしゃま」

何故かアイザック様が森の入り口で立っていた。

目をまん丸にして……

◇

いつもより早くグレイドル邸に遊びに来てしまった。

ソフィアに早く会いたくて、今日は勉強がいつもより早く終わった。

ソフィアは何処にいるんだろう？

メイドの人がこの時間なら庭園のガゼボにいるって、教えてくれたんだけどいない……

僕と一緒に来たメイドの人達は、ソフィアがガゼボにいなかったので、慌てて捜しに行った。

ここにいないって事はシルフィと森の入り口で遊んでる事が多いんだよな。

僕は森の入り口に向かう。

すると森の入り口に立っていたのは……

「きっ、君は……！」

「アイザックしゃま……」

ああっ、なんて事だっ！　僕の目の前には女神が立っていた。

銀色に輝く美しい髪の毛。宝石のアメジストのような瞳……

その姿は間違いなくソフィア嬢なんだけど、三日前に会った時はこんなに痩せてなかった。

ソフィアに一体何があってこんなに痩せたんだ⁉

これじゃ皆がソフィアの可愛さに気付いて、ソフィアの事を好きになってしまうじゃないか！

ああっ……これ以上ライバルが増えるとか勘弁して欲しい。

痩せなくても十分可愛いのに……痩せたらこんなにも綺麗で可愛いなんて困る！

神々しくて正直まともに顔も見られない。

ソフィアを見たいのに可愛い過ぎて見られないとか辛い！

僕は火照った顔を両手で覆い固まってしまった。

「あっあにょう……アイザックしゃま？　大丈夫でしゅか」

固まった僕を心配してソフィアが話しかけてくれた。なんて優しいんだ。天使か。

こんな無様な姿を晒してどうする。しっかりしないか、アイザック！

「きゅっ急に痩せたから、ちょっとビックリしてね」

気持ちとは裏腹に、まともにソフィア嬢を見る事さえ出来ない僕は、目を見て話す事が出来なくて横を向いたまま話しかける。

「しょれがでしゅね！　ウンディーネが、痩しぇるキノコを教えてくれたんでちゅよ」

「えっ？　ウンディーネ!?」

なんだ!?　初めて聞く名だが。

ソフィア嬢の上には黄色い光の横に水色の光が増えている。

……もしや。

「まさか……また妖精と契約したの!?」

僕は驚きを隠せず、ソフィア嬢の目を見て問いかける。

するとソフィア嬢は満面の笑みで返事をしてくれた。

「あいっ。水の妖精ウンディーネのおかげで痩しぇたんでしゅよ」

にこにこと嬉しそうにウンディーネの事を話すソフィア。

はわっ！　眩しすぎる。なんだコレは可愛い過ぎて苦しい。なんで直視しちゃったんだよ！

太陽を直接見たらダメって言われてるだろ。

僕はふらつき、座り込んでしまった。

「アイザックしゃま、大丈夫？」

ソフィア嬢が僕の顔を心配そうに覗き込む。

「あわっ！　ちっ近いっ」

「近い？」

不思議そうに顔をさらに近付け、覗き込んでくる。

「だっ大丈夫だからソフィア？　離れて」

そんな僕たちの間に妖精の光が入ってくる。

『なぁ、ソフィア？　鏡を見るんじゃないのか？』

「そうでちた！」

ソフィアは何やら妖精と会話をし。

「アイザックしゃま。わたち、ちょっと部屋に戻りましゅ！」

そう言ってもの凄い速さで屋敷に向かって走って行く。

「ちょっ、待って！」

慌てて僕もソフィアの後を追いかけた。

ふと見るとアレスが前から歩いて来てる。

アイツも筋トレというやつを一緒にするとか言って、しょっ中遊びに来てるみたいだ。

「よぉ？　ソフィア嬢……何急いで……って⁉　はわっ！」

アレスの奴め。真っ赤な顔してソフィアに見惚れてる。

お前のその目を潰してやろうか？

「アレスしゃま？　今いしょいで部屋に戻ってるんでちゅよっ」

「ちょっ……ソフィア嬢⁉　痩せてないか？　天使に見えるんだが？」

「アレス？　何、間抜けな顔してるんだよ」

「あっ、アイザック！　お前もいたのか」

アレスは僕の事をオマケのように……どうでもよさそうに見る。

どうでもいいのはお前の方だけどな？

「そうだよ！　お前はここにいろ！」

僕は慌ててソフィアの後を追いかけた。

「なっ？　俺も一緒に行くって！　待ってくれよ」

◇

ふふふっ、やっと！　やっと痩せた自分に会えるのね。

努力しても中々痩せないソフィア。

痩せにくい体質のわがままボディ。

それも今日でサヨナラよ。

私は勢いよく部屋の扉を開け、姿見に映る自分を確認する。

「……」

「はっ？　えーーーーーーーー！！　ふとっちぇる！」

何で？　さっきまでブカブカだったドレスは、ピッタリいつも通り……

『んん？　あれっ？　私言ってなかった？　痩せるキノコの効力は三十分だけよ？』

「ちょっ！　ウンディーネ！　それ先に言って！」

一番肝心なことを言ってないよう！

今日のソフィア。トータルマイナス五キロ痩せ。

「ソッ……ソフィア？　あれ？　元に戻った……さっきの姿は何だったの？」

アイザック様が驚きを隠せず、私に走りより興奮気味に質問してくるけれど……私はキノコの効果が三十分だけと知り、ショックで今はそれどころじゃない。

ショボンボリと項垂れていた。

「アイザックしゃま……」

「そっそうだよ！　痩せてちょっとだけ可愛かった。ちょっとだけな？」

アレス様までが、顔を真っ赤にしながら私に痩せた理由を聞いてきた。流石にアイザック様とアレス様の二人から詰め寄られたら、キノコの説明をしない訳にはいかない。

「……実はこにょキノコを食べるちょ、痩しぇるんでしゅよ……シャン十分だけ」

私は少し悲しそうな表情をし、水色のキノコを二人に見せた。

『ソフィア余分にキノコ取ってたの？』

ウンディーネは私がもう一本キノコを持っていた事に驚く。

「お母しゃまにあげようと思ってたんでしゅ……でもこりぇも！」

私は手に持っていたキノコをポリッポリッと食べた。

するとまた……みるみる体が痩せて行き。痩せた姿が現れた。

それを見たアイザック様とアレス様は、真っ赤になりブツブツと聞こえない声で何やら独り言を言っている。ハッキリ言ってかなり怪しいのだが、私はそれどころじゃない。

痩せた自分の姿を初めて見た私は、姿見の前でクルクルと角度を変えては、自分の姿を何度も見ている。

「……信じられにゃい」

痩せたら可愛いかもっ？　とか思ってたけど……

ソフィアってこんなに可愛いの？　十分すぎる美少女だよ。可愛すぎるよー！

ああっ、こんな妹が欲しかったなぁって自分の姿だった。

ようし。この姿に自力でなれるよう頑張らないと！

私はこの姿を目標に、ダイエットを頑張ると決意するのだった。

『ところでソフィア？　そこの二人がずっと変なんだけどさぁ、大丈夫か？』

シルフィが変なモノを見るようなジト目でアイザック様とアレス様を見ている。

本当だ……二人は赤い顔して何やらずっとブツブツと独り言を言っている。

「あにょ？　アイザックしゃま？　アレスしゃま？」

話しかけるも余りにも反応がないので、二人に近寄り……

私は二人の顔を覗き込むように見る。

私の顔が近付いた事に、やっと気付いた二人は思わず後ろに飛び退く。

「ああっ……!?　この姿のソフィア嬢にまだ馴れてないんだよ。可愛過ぎて苦しい」

アイザック様は後ろに飛び退き座り込むと、再び顔を両手で覆う。

「俺っ……そそっそうだ。今から剣の稽古《けいこ》があったんだった！　じゃなっ」

アレス様は、バタバタと部屋を出て行ってしまった。

アレス様……そんな急に帰らなくても……変なの。

アレス様が部屋から出た後、直ぐにまた扉が開く。

「ソフィア嬢。読みたいって言ってた本を持って来たよ。さっきアレスとすれ違ったんだけど、顔が真っ赤でさぁっ!?　はわっ」

アレス様の後から入って来たジーニアス様まで、真っ赤な顔で固まってしまった。

「わぁっ、ジーニアスしゃま。ありがちょうございましゅ。嬉ちぃ♪」

私は読みたかった本が手に入り、嬉しくて満面の笑みでジーニアス様の手に持っている本を受け取る。

「あがっ！　天使の笑顔っ」

アイザック様が赤い顔をしたジーニアス様のところに近寄る。

コソッ。

「ジーニアスっ！　じろじろソフィア嬢を見るなっ」

ヒソッ。

「じっ、ジロジロなんて……見てないよっ」

「そんな赤い顔して。ジーニアス、耳まで赤いよ？」

「なっ⁉　アイザックだって耳まで真っ赤だぞ」

「なっ！」

アイザック様とジーニアス様は二人で何やらヒソヒソと話し込んでいる。相変わらず二人は仲が良いなぁ。だけど何を話してるの？

「何をこしょこしょと、二人で話ちぇるの？」

「えっ……あっどうでもいい話しだよね？　ジーニアス」

「そそっどうでもいい話だよ。とっところでソフィア嬢は、急に凄く痩せたよね？」

ジーニアス様はこれ以上突っ込まれまいと、話を変えたみたいだ。

ジーニアス様にもキノコの話をすると「そんな不思議なキノコが」と研究熱心なジーニアス様は、そのキノコが見たいので森に行きたいと言いだすが、シルフィが了承しない。

私はまた採って来ると、ジーニアス様を説得するのだった。

今日はキノコに振り回されたなぁ。

◆

「ふぅ……おいちい」

水の妖精ウンディーネと契約してから、毎日の日課で飲むデトックスティーのお水は、水魔法を使って私が作りだした水を使っている。

このお水はウンディーネが言ってたように本当に美味しい。

一カ月飲み続けただけで、肌とか髪とかがキラキラと美しくなっている。メイドのリリが私の髪と肌の劇的変化に、驚いていた。まさに飲むだけで美しくなる魔法のお水。

このお水が効果てき面に現れたのがお母様とお父様。肌が若々しくなり体も痩せ、二人は巨漢《きょかん》デブではなくなった。ちょっとポッチャリに変化したのだ。

悔しい……私はまだ巨漢《きょかん》デブの分類に入るというのに。

なんで、お母様とお父様に効果があんなに現れてるのに、私は一向に痩せないの？

運動だって同じようにいっぱいしてるのに。一ヵ月デトックスティーを飲んで、沢山運動して痩せた体重は一キロだけ、トータル六キロ痩せた。

今ならどんな運動もこなせる程に筋力が付いているのに。

色んな筋トレをスタートしたのに……痩せない。

そう私ソフィアは痩せはしないけど、動けるデブへとは進化したのだ。

今ならどんな運動も難なくこなせる。ヨガはお腹が邪魔して出来ないんだけど……ね。

お茶会でもお母様は注目の的らしく、どうやってそんなに美しく痩せたのかと、毎回奥様方から質問攻めだと嬉しそうに困っていた。

今度、このデトックスティーもグレイドル領の新商品として発売するらしい。

材料は敷地内にある森に生えているハーブを移植し、ハーブ園を新たに作り増やした。なので経費は殆ど掛からなかったらしい。水は流石に普通の水を使うけどね。

知らないうちにグレイドル家が潤っていく。没落するよりいい事だよね。お金がなくなってお父様が悪事に手を染めたら困るもの！

「ソフィア？　どーしたの、なんか難しい顔して」

アイザック様がウンウン唸っている私を見て、不思議に思ったのか声をかけてきた。

アイザック様とのお茶会も定番化しつつある。だって三日にあげずに遊びに来るから。

もしかしてアイザック様は、お友達いないのかな？

……なんて怖くて聞けないけど。

「なんでもないでしゅよ……ちょっとわたちだけ痩しぇないのが悔しくちぇ」

「そんな事！　ソフィア嬢は今でも十分可愛いんだから、無理して痩せなくても僕はいいと思うんだけど……」

「しょんなお世辞はいいんでちゅよ！　いいでしゅか？　デブ＝自堕落《じだらく》な人間。自分で自己管理も出来ないやつっていうのが許しぇないんでしゅよ！」

フンスッ。しまった！　つい体の事となると興奮して偉そうに言ってしまった。

流石にアイザック様に失礼だ。

「なるほどね。ソフィア嬢は頑張り屋さんだね」

アイザック様は失礼な私を怒らず褒めてくれた。はぁ……何て優しくて清い心なんだろう。

見習わなくては。

「ふふっ……ありがとうごじゃいましゅ。でもアイザックしゃまの方がいっぱい頑張っちぇると思いましゅけどね」

「そうかい？　ありがとう。ソフィア嬢のおかげで、痩せ細っていた体が健康になったからね。おかげで剣術の腕前もかなり上達したよ」

そうなのだ、アイザック様は初めて出会った時は痩せ細っていたのに、今は見違える程に健康そのものだ。目の前にいるアイザック様の姿は、美少年に磨きがかかり、少し眩しい。

もうアーンはいいのでは？　って流石に思うんだけど、可愛い顔でソフィアにアーンしてもらうご飯が一番美味しいって言われちゃうと……お姉さんは断れません。

アイザック様にクッキーをアーンしてると……

「あーっ！　またアーンしてっ……ぼっ、僕もそのっ……クッキーをアーンして欲しい……」

ジーニアス様がリバーシを持ってガゼボにやって来た。

「ジーニアスは僕がアーンしてあげるよ」

アイザック様はニコニコとジーニアス様にアーンしようと、クッキーを口に持っていく。

「なっ、なんでアイザックなんだよっ！」

「ぷっ、あははっ」

「ソフィア嬢？　笑い事じゃないだろう？　アイザックを止めてくれっ」

相変わらず仲良しな二人だな。

とか思って二人を見ていたら、アレス様とファーブル様までガゼボにやって来た。

「ソフィア嬢、遊びに来たよ。ってアイザックとジーニアスもいるのかよ！　新しい筋トレを教えて貰いに来たのに……」

「僕はとても美しい蝶《ちょう》を見つけたからソフィア嬢に見せたくて……」

今日は珍しく全員集合だ。

そして皆でワイワイと楽しく過ごしながら一日が終わる。

やり直しの人生は想定外の事も多かったけれど、思いの外幸せだ。

このまま幸せが続けばいいのにと願うのだった。

第二章　ソフィア十歳

「ソフィア嬢にアーンしてもらうと美味しいんだ」

「いいでちゅよー」


——フィア……


んっ……むにゃっ。

「ソフィア？　起きて」

んっ……まだ食べましゅか……

………！　ガッバァ！

私は慌てて起き上がる。

「やっと起きた」

ソファーで気持ちよさそうに寝ている私を、アイザック様が覗き込んでいた。

「あわっ！　アイザック様……すみませんっ。ちょっとうたた寝してましたわ」

「クスッ。相変わらずソフィアはガゼボ《ここ》でのお昼寝が好きだね」

「はいっ……風が心地よくてつい」

懐かしい夢を見ていた。アイザック様にアーンする夢。

「ふふっ、今日はね？　マフィンを焼いてきたんだ。食べてみて？」

そう言ってアイザック様は私の口にマフィンを入れる。

「美味しっ！」

アイザック様はやたらと私にアーンをしたがる。初めは慣れなくて恥ずかしかったのだけど、さすがに毎回となると慣れてしまった。

昔は私にアーンしてって可愛くおねだりしてくれていたのになぁ。その姿が可愛かったなと思い出し、クスッと笑ってしまう。

「ソフィア？　どうしたの、急に笑って」

そんな私の姿を見てアイザック様が優しく微笑む。

「ふふっ。アーンっておねだりする小さなアイザック様は、可愛かったなと思い出しまして。ふふ」

「そうなの？　また僕にアーンしてくれるの？」

アイザック様はそう言って口を開ける。

「いっ、今は……そのう」

成長し私の身長を超えたアイザック様に、アーンをするのは少し……恥ずかしい。昔は弟のように思っていたけれど、今は立派な皇子様だからね。

アイザック様はそんな困った私の様子を楽しんでいるのか、悪戯っぽく笑う。そして、再びアーンと言って私の口にマフィンを入れる。

「んんっ♪　おいしっ」

アイザック様の料理の腕は本当に上達した。

遊びに来る度に色々と作ってくれるのだけど。これが毎回、美味しいのなんのって！

アイザック様はスイーツ男子へと成長した。

今の私の姿は身長百四十センチ、体重四十五キロの巨漢《きょかん》デブから、ちょいポチャ令嬢へと進化した。これも毎日コツコツと筋トレや運動をした成果だ。

頑張ったね私。

「ソフィア？　今日のスイーツのポイントはね？　砂糖を全く使ってないってところだよ」

「こんなに甘いのに？　アイザック様は天才ですか？」

「だってソフィアは痩せたいんだろ？　可愛いソフィアが気にせず食べられるスイーツを考えるのが楽しいんだ」

「かっかわ……」

アイザック様は、たまにもの凄く恥ずかしいセリフを普通に言うので、どう反応していいのか分からず困る時がある。

「あっ、ありがとうございます」

◆

次の日の朝。

「ソフィア様？　くれぐれも無理はなさらぬように！　いいですね？」

メイドのリリが口煩く注意してくる。

今日は、私の初めてのグレイドル領の領地視察の日だ。

これも大事な経験だからと、心配性のお父様が泣く泣く許可された視察。教会の横にある孤児院や、領地にある街の路面店を見て回る予定だ。

今からワクワクして仕方ない。だって初めて街に行けるんだもの！

異世界の街はどんなだろう？　と私は楽しい事ばかりを想像し、胸を膨らますのであった。

まさかこの後、新たな出会いがあるなんて、この時は考えもしない私だった。

馬車に乗り、街をゆっくり走ると賑わっているのが分かる。

「ねえ？　リリ、あの行列のお店ってデトックスティーのお店だよね」

「はいっ。ソフィア様考案のデトックスティーは大好評でして、あちらのお店は二十号店になりますね」

デトックスティーの人気は衰える事を知らず。どんどん新店舗をオープンしている。

森に生えてる草としか扱われてなかったハーブ達も、扱いが変わり。今ではハーブを栽培するための建物を何棟も建てる程になった。

今やハーブやデトックスティーは、他国から買いに来る程の人気商品になったのだ。

ちなみに隣国にもデトックスティーの支店を建設中らしい。

この人気を後押ししたのはお母様の姿。美しく痩せ、肌もプルプル。

いつまでも美しいエミリア・グレイドルの秘密がこのデトックスティーだと話題になり、貴族女性達の飲み物は紅茶からデトックスティーに変わったのだ。

お母様やお父様は美しく痩せ、蛹《さなぎ》から蝶《ちょう》へと変身したのになぁ……私はというと、まだぽっちゃり。

でも太いけど髪はキラキラと輝きを増し、肌も陶器《とうき》のように白くすべすべ。

これはウンディーネの水の効果のおかげ。それに巨漢《きょかん》デブからは脱出したし、よしとしよう。

「あっ！　ソフィア様。あそこに見えますのは、最近大人気のジムですわ」

「おおっ！　賑わってるね」

毎日の日課のラジオ体操や私の筋トレに付き合ったおかげで、リリを含めグレイドル邸のメイド達は皆綺麗な筋肉が付き、美しく引き締まった体をしている。

ジムではその体操や、筋トレをメイド達が日替わりで教えているのだ。

会員制なんだけど入会待ちの人がかなりいるので、今新しい店舗を建設中らしい。まさかノリで作ったジムが、こんなに人気になるとは思わなかった。

というわけで、グレイドル領はかなり潤っている。

領民達の税金も下げた事により、グレイドル領に住む領民もかなり増えた。

今住みたい領地人気ナンバーワンらしい。

うんうん、いい事だ。これならお父様が悪事に手を染める事はないだろう。

「ソフィア様、教会に着きましたよ」

この世界の教会かぁ……どんなところなんだろう。前世でも教会には縁がなかったから、興味津々ではある。

馬車から降りて、教会の建物の前に立つ。

その横にも大きな建物が建っているが、これは孤児達が住む家だ。

まず教会の中に入ると、直ぐに司祭だという男の人が走って来た。

「グレイドル様、よくいらして下さいました。私は司祭のウメカ・ツゥオでございます」

司祭の姿はかなり肥え太っていて、こんなに怠慢《たいまん》な体をしている人が司祭なのかと、少しショックだった。勝手にシュッとした姿を想像していた、私が悪いのかもしれないんだけれど。

「さぁ、子供達のところへ案内致します」

司祭に案内されながら教会の中を歩いて行き、孤児院に向かう。

子供達は外で楽しそうに遊んでいた。私が外に出ると一斉に集まってきた。

「わぁ！　お姉ちゃんは新しい友達？」

「おーっ。新入りなのか？　よろしくなっ」

「綺麗な服着てるわねー、いいなぁ」

孤児達は私が新しく入って来た子供だと勘違いしたのか、ワイワイ楽しそうに話す。

孤児達の食費等は全てグレイドル家が支給しているので、食べる物に困るという事はないはずだけど……こうして元気そうな姿を見ると安心する。

「こらっ、無礼であろうっ！　グレイドル様はお前達と身分が違うんだっ。気安く触るでないっ」

ウメカ・ツゥオ司祭が、犬でも追い払うようにシッシッと子供達に手を振る。

せっかく集まってくれたのに。その態度はどうかと思うんだけど。

「司祭様？　私は気にしてませんので。大丈夫です」

あんな言い方しなくてもいいだろう。

なんかあの司祭は好きになれない。怠慢《たいまん》ボディのせいもあるんだけど。

「今日はゲームを持ってきたんだよ？　一緒に遊ぼ」

リリが持ってきた色んなゲームを机に並べる。

「やっちゃー！　あしょぶっ」

「わぁっ、リバーシだぁ！　このゲーム、してみたかったんだ」

持ってきたゲームを喜んでくれる姿を見て、口元が自然と緩みほっこりする。

この後は皆でワイワイゲームをしたり、絵本を読んであげたり……していたら時間はあっという間に過ぎ……

「ソフィア様、そろそろ次の場所へ行くお時間です」

「えー？　もう？　時間経つの早い……」

もう少し遊んでいたかったな。

私とリリの会話を聞いていた子供達が泣きそうな顔して抱きついてきた。

「お姉ちゃん行っちゃうの？」

「さみしいよーっ」

くうう……そんな顔されたら帰れないじゃないかぁ。私も寂しい。

チラッとリリを見ると、首を横に振った。分かりました。行きますよ。

今日は視察の日だからね。

「また遊びに来るからね。約束」

そう言って小指を立てた。皆も真似をして小指を立て、「約束」と言って送り出してくれた。

次に向かうのは、新しくオープンしたパンのカフェ。

「焼きたてのパンをお店で食べたい」っていう私の熱い想いから出来たものだ。

前世では普通にあったけど、この世界のパン屋では持ち帰り販売のみが普通だった。そんな訳で、今までになかった新しいカフェはオープンしてすぐ大人気店になった。

カフェがある場所は一番人通りが多い繁華街にあるので、馬車を停めると邪魔になる。

そのため私達は馬車を降りて、歩いて向かっている。貴族というのをひけらかし、目の前に豪華な馬車を停める貴族もいるみたいだけど、私はそうはなりたくない。

カフェに向かって歩いていると。

んんっ？　怒鳴り声が聞こえる？

声のする方を見ると、果物屋の店主らしき男が、小さな男の子を殴っていた。

「ちょっ！　何してんの」

「ソフィア様⁉」

思わず果物屋に走って行き、男の子を庇うように前に立つ。

「なんだあ？　お嬢ちゃん」

「何があったか知りませんが、このような小さな子供を殴るなんて信じられませんっ」

「はぁ？　コイツはなっ？　売り物の果物を盗んだんだ。殴られて当然だ」

「……盗みは悪い事だと思います。ですが、殴るより他に方法があったと思いますが？」

「はぁ？　何を偉そうに。お嬢ちゃん、何様なんだよ」

店主らしき男が私を威嚇《いかく》するように睨む。

そんな顔しても怖くないんだから！　一度死ぬ思いをした私、それくらいどうって事ない！

私が何か言うより先に、リリが前に立ち。

「ソフィア・グレイドル様ですわ。この街を取り仕切る領主様の宝物、ソフィア様です」

ちょっ……リリ？　最後のいらなくない？

「あわっ……りょっ、領主様⁉　すすっ、すみませんっ」

リリが領主の娘というと、店主の男は震えながら平伏した。

「もういいですわっ。リリ？　この男の子が盗んだ果物代を払っておいてね」

「はいっ」

私は男の子に話しかける。

「大丈夫？」

男の子は今にも死にそうなくらい痩せ細っていた。

「あ……天使様。迎えに来てくれたの……？　そうか、僕はもう死ぬんだね……」

私が声をかけると、ゆっくりと目を開け、私を見る。

「違うっ、貴方はまだ死んでないよ？」

男の子は口をパクパクと動かす。

「僕……喉が渇いた……」

「おっ、お水⁉」

ちょっと待って？　お水なんて……あっ！　そうだ。ウンディーネのお水！

私は慌てて魔法を使って手から水を出し、男の子に飲ませる。

「おいし……」

男の子は微笑むと瞼を閉じた。

◆

『ソフィア？　子供を拾って来たのか？』

『凄く痩せてるわね～』

ベットで眠る男の子を不思議そうに見る、シルフィとウンディーネ。

「シルフィ、ウンディーネ！　この子大丈夫なの？」

『ふふっ、ソフィアがお水をあげたのがよかったみたいよ？　体の中は、お水で綺麗に浄化されたみたいね』

ウンディーネが浄化したと言った。どういうこと？

「浄化？」

『その子、体内に毒のような呪いを受けていたみたいよ』

呪い!?　何それ、怖すぎるんですけど？　こんなに小さな子供に？

『そんな顔しないで、ソフィア。お水で全て浄化出来たから。もう大丈夫』

私が不安そうな顔をしていたからか、ウンディーネが頭を撫でながら大丈夫と言ってくれるんだけど。私が飲ませたお水で浄化した？　ウンディーネのお水、凄すぎない？

『それにさっ？　外傷はさっき魔法で治してたからそんな心配するなって！』

「うっ……うん」

突然目の前で男の子が倒れて、私はパニックになりながら半泣きで護衛の人に「この男の子を馬車に運んで！」と必死にお願いし、急いでグレイドル邸に帰って来た。

今思い出すと、あのテンパリっぷりは少し恥ずかしい。

視察を中止し突然帰って来た私を見て、お母様達はビックリしていたけれど、私が必死に男の子を助けてとお願いするから、治癒師《ちゆし》の人を直ぐに呼んでくれた。

今は客間のベッドで眠っているが、時折苦しそうな顔をするので、私はベッドの側から離れられず。ベッドの横に置いた椅子に座ってじっと男の子の様子を見ている。……すると。

「わあっ……イヤだっ……やめてっ」

男の子が突然叫び暴れる。

「大丈夫っ！　ここはもう安全だから安心して……」

私は男の子の手をギュッと握り、大丈夫……大丈夫と声をかけ続ける。

その必死さが伝わったのかは定かではないけれど、安心したのか男の子はすやすやと再び気持ちよさそうに眠りだした。

「よかった……」

気持ちよさそうに眠る姿を見てホッとしたのか、私も手を握ったまま、いつのまにか眠ってしまっていた。

◇

ああ……僕は死ぬ前に優しい天使様に会えた。このまま死ねるなら本望だ。

やめてっ！　また誰かが痛い事をする。助けて……もうやめて。嫌だ。

必死に走って逃げるのに、黒い手が追いかけて僕を捕まえる。

そんな僕にまた天使様の手が伸びてきて、僕を黒い手から守ってくれた。

……んんっ。……幸せな夢を見たなぁ……天使様が守ってくれる夢。いつもは夢にうなされると、グッタリして動けないんだけど。今日は天使様のおかげなのか、スッキリしている。

……ん⁉　あれっ？　ここは？

なんでこんなにもフカフカのベットで寝ているの？　ここはどこなの⁉

慌てて飛び起きて周りを見ると。

「……あっわっ」

なっ、な、なんでっ⁉　夢で見た天使様が僕の手を握りすやすやと眠っている……これは現実なの⁉　僕はまだ夢を見ているの？

天使様の銀色に艶めく髪がキラキラと神々しく輝いている。

眩しい……手を離したいのに……ギュッと握られているからか、離れない。

それにここはどこだ⁉　こんなフカフカのベッドで初めて寝た。よく見たら上品な調度品……美しい模様が施された絨毯《じゅうたん》。何十人もが寝られそうな広い部屋。僕は……

「……んぅ？　……ふぁっ。起きたんだね、よかったぁ。うんうんっ、顔色もいいね」

目を覚ました天使様が僕に笑いかける……見惚れてしまう程に眩しい笑顔で。

「天使様っ……あのっ」

「ふふっ……天使じゃないよ。私はソフィア、よろしくね」

「あっ……にっ、人間⁉」

「ぷぷっ……そうだよ！　変なことを言うね？　貴方、倒れる時も私の事を天使って言ってたよ？」

そっ、そうだ……僕は果物を盗んで殴られていて……天使様が助けてくれたんだ！

お礼を言わなくちゃ。

「あっ、あのっ……助けてくれてありがとうございます」

「元気になってよかった。ねぇ、貴方のお名前は？」

「ぼっ、僕の名前？　は……ないです。つけてもらってない」

「名前が……ない？　……そんなっ……！」

それを聞いた天使様が泣きそうな顔で僕を見る。

そんな顔しないで……僕には名前なんていらないから。

「僕は名前がなくても平気だから」

「そんな事言わないでっ！　分かった。ないなら私がつけてあげる」

「……僕に？　名前をくれるの？」

「うんっ！　貴方の深い藍色の髪と瞳……ラピスラズリみたいに綺麗だから、ラピス！　【ラピス】って名前はどう？」

「……！　嬉しい……僕は今日からラピスだ。ふふっ、ラピスか」

名前なんていらないって思っていたのに。

天使様からもらった名前を呼ばれる度に胸が温かくなった。

胸が苦しい……こんな感情は知らない。

「ううっ……ふうっ」

僕は知らない間に泣いていた。

嬉しくて涙が止まらない事があるなんて、僕はこの時初めて知った。

中々涙が止まらない僕を見て、慌てる天使様が余りにも可愛くって、僕は泣きながら笑っていた。

涙は止まらないけど……胸が温かい。幸せだ。

◇

それにしてもおかしい……

目の前で泣いているこの男の子は、何故こんなに痩せ細っているの？

なんで呪われてるの？

グレイドル領では、両親のいない孤児達が苦労しないように食費、その他雑費を全て孤児院に支給している。これはスラムなどを作らせない為ための制度だ。

大人にだって、働けなくなった人には補償制度がある。さらに十二歳になって孤児院を出る時も、就職先や職業訓練所などを斡旋《あっせん》しているし、魔力数値が高い者は学園に無償で行ける制度まである。

だから、彼みたいに盗みを働くまで追い詰められた存在がいるなんておかしいのに……

「あっ、あの……天使様？」

私が難しい顔で悩んでいたら、ラピスがどうしたらいいのか分からず困った顔をして私を見ている。しまった、自分の世界に入ってしまって、ラピスの事をほったらかしにしていた。

それにしてもなんでラピスは私のことを天使様というのだろうか？

「ねえ、ラピス？　私はソフィア。言ってみて？」

……どう見たら私が天使に見えるのか？　ラピスはもしかしたら視力が悪いのかもしれない。

「ソフィアって言って？」

もう一度そう言うと、ラピスは顔を赤らめモジモジして困っている。

もしかして、名前を呼ぶのが恥ずかしいのかな？

「あっ……ソッ……ソフィア様？」

小さな声で私の名前を呼ぶと、眉毛をハの字にして私を見るラピス。

頑張って名前を呼んでくれたんだよね。ありがとう。

「ふふっ、仲良くしてね？　ラピス」

「――はいっ！」

ラピスは顔を赤らめ俯いてしまった。

少しの時間が経つとラピスもこの場所に慣れてきたのか、赤かった顔が普通になった。

さてと……なんでラピスが孤児院にいなかったのか？　盗みをするぐらい食べる物に困っていたのか？　その理由を詳しく聞かないと。

「私ね？　ラピスに聞きたい事があるの。言いにくかったら無理しなくていいからね？」

「なっ……なんでも聞いて下さい！」

「ラピスはなんで孤児院にいないの？　孤児院にいたら、盗みをしなくても食事が出るでしょう？」

「――っ！　僕はもともと孤児院にいたんです……。でも、魔力測定の儀で僕の魔力数値がかなり高いと分かると、隣国に売られそうになって、僕は怖くて途中で逃げ出したんです」

ふんふん。なるほどね～って、売られそうになって⁉　逃げた⁉

「なっ、なんですって⁉」

ちょっと待って⁉　ツッコミ所が多過ぎて……何から聞いたらいいのやら？

【魔力測定の儀】って十二歳になった時に行う、神殿に行って魔力数値を測ってもらう儀式だよね？　魔力数値が高ければ、十三歳から誰でも無料で魔法学園に通えるって……ん？　十三歳⁉

「ちょっと待って！　ラピスは何歳なの⁉」

「えっ……十二歳」

こんなに小さいのに十二歳……⁉　だって私より背が低いし……どう見たって八歳くらいにしか見えない。嘘でしょう……⁉

たぶんラピスはまともな食事を与えられず、栄養が足りなくて背が伸びなかったのね。

あの糞司祭《ウメカツウオ》め！

なんか気に入らないと思ったら、とんでもない悪事をやってくれちゃってるし！

絶対に許さないんだから。

「あっ、あのソフィア様？」

とりあえずムカついてる場合じゃない。教会の事をもっと詳しくラピスから聞かなきゃ。

「ねぇ、ラピス？　教会での事を詳しく教えてくれる？」

「はいっ」

ラピスはポツリポツリと教会であった事を話してくれた。

「司祭様は見目麗しい子供や魔力数値が高い子供を、隣国に奴隷《どれい》として売っているんです。その事を僕は、たまたま教会に来ていた隣国の使者と司祭様が話しているのを聞いて知ってしまって……。その後に僕の魔力測定の儀があり、魔力が高かった僕は隣国に奴隷《どれい》として売られる事が決まりました。隙を見て逃げるつもりが、変な薬を飲まされて……それは教会から逃げると呪いが発動し、最後には死に至るというもので……」

「呪い……」

そんな恐ろしい事までして、小さな子供を奴隷《どれい》にしたいの？

理解できない。

「でも……僕は奴隷《どれい》になるなら死んだ方がましだって思って、教会から逃げ続けました」

「そんな酷い事が、教会であったなんて……」

あの糞司祭め……想像を超えた屑だったわね。

このグレイドル領でそんな事はさせない！

「でもね？　死んでもいいって思っても、お腹は空くし……この半年は、ああやって盗みを働いては飢えを凌いでたんです。でももう……死ぬんだなと思ったら、ソフィア様が僕を助けてくれた。感謝しても仕切れません。僕はソフィア様にこの恩をどうやって返したらいいのか……」

ラピスは泣きそうな顔をしてまた俯いてしまった。そんなに恩義《おんぎ》を感じなくても、私は気にしないのに……

でも、ラピスはずっとその事を悩みそうだし……うーむ。

――あっ！


「いい事思いついた！　じゃあ私の専属執事になって？　それで働いて恩返しするの。どう？」

「……それは……ご褒美ですよ？　ソフィア様」

ラピスが困った顔して笑う。おかしいな？　最高にいい案だと思ったんだけど。

「えっ、そう？　私は一人っ子だから、年の近い執事がいてくれたら助かるし……一緒にお勉強したり、遊んだり出来るし……それってきっと楽しいわ。これってウィンウィンの関係よね！」

「ウィンウィン？　よく分かりませんが普通、執事と一緒に勉強したり遊んだりはしませんよ？」

「えっ？　そう？」

「ふふっ。貴方は不思議な人ですね……本当に。ソフィア様の執事になれるのなら、僕はなんでも致しましょう。どんな事だってやってみせます。ソフィア様の笑顔が見られるなら僕はなんだってします」

「ふぇっ!?」

ラピスは絵本に出てくる騎士様が、お姫様に言うようなセリフを言って私に深くお辞儀をした。

なんだか無性に恥ずかしくなり、どうしていいのか分からず。少しの間沈黙が続くのだった。

「ソフィア様？　ではグレイドル公爵様に、孤児院についての報告と、ラピスを執事として雇ってもらえるようにお願いしに行きましょう」

そんな私を見かねたリリが提案してくれた。さすが出来る侍女《じじょ》。

「そっ、そうね！　それじゃあお父様のところに行きましょう。司祭の事もありますし」

ふふっ、糞司祭め。お仕置きタイムが待ってるんだから！

お父様は今日は早く帰って来ると言っていたけど……もう王都から帰ってるかしら？

なんて考えてたら。ぐうぅ～っとお腹の音が鳴り響く。

「わわっ……」

ラピスはお腹の音が恥ずかしいのか、真っ赤な顔を両手で恥ずかしそうに隠し、頭をプルプル振っている。

何⁉　この可愛い生き物は！　早く美味しいご飯を食べさせてあげなくちゃ。

「お腹が空いたよね。ラピス、ちょっと待っててくれる？　スペシャル美味しいのを用意するから」

「そんな、大丈夫です！」

そう言ってラピスは首を横に振るが、お腹を空かせた子供を放置なんて出来ない。

美味しいご飯をいっぱいご馳走してあげるからね。

鼻息荒く料理を取りに行こうとしたら、リリが任せて下さいと言って、ササッと取りに行ってくれた。リリは私の行動が手にとるように分かるのか、出来る侍女《じじょ》へと進化した。

昔は私の事を怖がってたのになぁ……今は私の方が怒られてるし。ふふっ。

などと昔を思い出してたら……

リリは直ぐに温かい料理を用意して、テーブルに並べていく。

「お待たせ致しました。ほろほろ鳥の野菜たっぷり滋養《じよう》スープとふわふわ白パンです」

並べられた料理をキラキラとした瞳で見ているラピス。可愛いなぁ。

「ふああっ。僕、こんなに具がいっぱい入ったスープは初めて見ました！　……とっても綺麗だ」

足を少しパタパタさせ、ラピスはもの凄く嬉しそうにしている。

「ふふっ、熱いからゆっくり食べてね？」

「はいっ！」

ラピスは恐る恐るスープを口に運び……パクッと口に入れたまま固まってしまった。

「えっ？　らっ、ラピス？　どうしたの？　もしかして口に合わない？」

ラピスは首を横に振り、ポロポロと涙を流す……

モグモグッ……ゴクンッ。

「このスープを……口に入れたら、胸があたたかくて幸せで……なんだか分からないですが満たされて……ふうっ。僕、こんなに美味しくって、幸せになるスープ……ううっ」

ラピスは泣きながら、夢中でスープを飲み干した。

すぐさまリリがおかわりを皿に注ぐ。ラピスはスープを、四杯もおかわりした。

「……今まで食べたご飯の中で一番美味しかったです。ソフィア様、ありがとうございます」

そう言って蕩ける笑顔で笑った。

「まぶしい……」

カサカサだったラピスの肌が、心なしか艶々してるようにも見える。これはきっとウンディーネのお水効果だろう。さすが！

お水の効果に感動していると、ドアがノックされ扉が開く。

「失礼致します」

お父様の専属執事のセバスが入ってくるや、リリに耳打ちし部屋を出て行った。

「ソフィア様、グレイドル公爵様がお帰りになりました。今は執務室にいらっしゃるそうです」

おおっ。セバスが教えに来てくれたのね。

「リリっ！　お父様のところに行きます。ラピスも一緒に行こう」

「え？　はっ、はい」

◆

「失礼致します」

「おおっ、可愛いフィアたん。お父様に何の用だい？」

お父様？　人前でフィアたん呼びは少しだけ恥ずかしい……大事にされてるのは分かるけどね？　たんは……流石にお父様の威厳《いげん》が下がりそうなのでやめた方がいいですよ？

「お父様に二つ大事なお話があります。まず一つは私の横にいるこの少年の事。もう一つはウメカ・ツゥオ司祭についてですわ」

　私がそう話すと、お父様の和らいだ表情が厳しい表情へと変化する。

「ソフィア？　その子の事はエミリアから、大体話は聞いてるよ。ソフィアが助けたんだよね？」

「はいっ。私はこの子を専属執事として雇ってほしいとお願いしに来ました」

「この子供を？　ふむ……君は執事をやる気はあるのかね？」

　お父様がラピスを見据える。

「はいっ！　僕は助けて頂いたこの命、ソフィア様のために使おうと決めました。どうかソフィア様のお側に仕える事をお許し下さい」

　ラピスは深々と頭を下げた。

「ラピス……」

「君の熱意はすごく伝わったよ。でも直ぐに執事になれる訳ではないのは分かるね？」

「はいっ！　なんでも勉強します」

「そうかい、頼もしいね。セバス、この子は今日からグレイドル公爵家の執事見習いだ！　色々と教育してあげてくれ」

「はっ、畏まりました！　ではお屋敷を案内するからついて来なさい」

「はい！」

　セバスはラピスを連れて執務室を出て行った。

「じゃあ、ウメカ・ツゥオ司祭について聞こうか？」

私は視察をして感じた事やラピスから聞いた事を、全てお父様に話した。

話の途中からお父様の顔がどんどん険しくなり、最後には頭から湯気《ゆげ》が出そうな程怒り出した。

「可愛いフィアたんを……そんな奴のところに視察に行かせてしまった。はぁっ、くそう……糞カツオめ、どうしてやろうか！」

お父様……ウメカ・ツゥオです。そう言いたい気持ちには物凄く同意するけど。

「ソフィア？　お父様はちょっと王様に用が出来たから、王宮に行ってくるね？　夕食は先に食べてくれとエミリアに伝えてくれる？」

「はっ、はい……」

お父様は頭から湯気《ゆげ》を放出しながら王宮に行ってしまった。

◇　ラピスの気持ち

僕には名前がない。呼ばれるのは「オイ」とか「ねぇ」だ。

聞くところによると、僕は赤ちゃんの時、教会の前に捨てられていたらしい。

同じように捨てられた他の子供達は名前がある子もいる。そんな奴は僕に名前がないと分かると見下すか、可哀想だと哀れんで名前を勝手に付けるか色々だ。

羨ましいなんて思わないって態度をとっていたけど、本当は羨ましかった。

僕だって両親に大切な名前を付けて欲しかった。

ねえ、僕を産んでくれた人。

名前を付けたくないほど僕の事が嫌いだったの？　僕はそんなに醜い子だったの？

必要ないなら……どうして僕を産んだの？

孤児院での毎日は、苦痛はないけれど、楽しくもなかった。

ただ時間が過ぎていき、僕が六歳になったある日、新しい司祭がやって来た。

この司祭になってから、孤児院で食べるご飯が不味くなった。量は減ってないんだけど、兎に角不味い。腐っている野菜を使っているんじゃ？　と思う程だ。

ご飯の時間が孤児院での唯一の楽しみだったのに……楽しみがなくなってしまった。

ある日、見るからに裕福そうな男が教会を訪れて来た。司祭はこの人に媚《こ》び諂《へつら》っているのが分かる。見ていて気持ち悪い。

興味本位で部屋に忍び込み、司祭達の話を盗み聞きした。本当に興味本位だったんだ。

でも……その話は衝撃的なもので……聴いているうちに体が震えてきた。僕は司祭達に見つからないように、体の震えを抑えるのに必死だった。

司祭と男が部屋から出て行くと……僕は急いで部屋まで走り、ベッドにくるまり声を殺して泣いた。

「奴隷《どれい》として隣国に売られる……僕達に未来なんてないんだ！」

絶対に隣国に売られてたまるか！　逃げてやるんだ。僕はそう心に誓った。

でも。こんな無力な子供に、対策がすぐに出来るわけでもなく。

僕の【魔力測定の儀】の日が訪れてしまった。

魔力測定の儀で、僕はかなり魔力が高い事が分かった。司祭は僕の結果を聞くと飛び上がって喜んでいた。「これは高く売れる」と言っていたのを聞き逃さなかったぞ。

今すぐ逃げようと部屋で準備をしていたら、いきなりドアが開き、ズカズカと司祭が部屋に入って来た。そして僕の体を強引に掴み、無理矢理何かを飲ませてきた。

「ンンッ……！」

僕が飲んだのを確認すると、司祭は薄気味悪く笑いながら、僕を地面へ投げ飛ばした。

「ククッ、逃げようとしてたのは分かってましたよ？　今飲ませた薬は、この教会を離れたら、呪いが発動するという効果があるんですよ。解呪のドリンクを飲まない限り、呪いが体を蝕み死に至ります。分かりましたか？　フハハッ、お前は逃げられないんだよ！　お前達のようなゴミは、高貴な私達の役に少しでも立てる事を光栄に思いなさい」

司祭は高笑いをしながら、部屋の扉を思いっきり閉めて出て行った。

なんだって!?　教会を離れると死ぬ？　神様はそんなにも僕の事が嫌いなの？

少しでも幸せになる事を望んだらダメなの？

名前すらない僕の命なんて……価値なんてないのかな。

でも！

「お前の言う通りになるくらいなら、僕は死んだ方がマシだ」

僕は教会から逃げた。

初めはまだよかった。だけど……時が経つにつれ呪いが体を蝕んでいく。

飢えは盗みをしてしのいでいた。でも、今日は失敗してしまった。呪いのせいで体が思うように動かないのだ。僕はもう死ぬんだろう。だけどもう死んでもいい。生きているのが辛い。

殴られていたはずなのに、痛みがなくなったと思ったら。

目の前に天使様が立っていた。こんな僕にも死ぬ時は天使様が迎えに来てくれるんだ……

迎えに来てくれた天使様は、孤児院で見た絵本に描かれていた天使様の、何倍も美しかった。

よかった……最後に美しい天使様に出会えて。死ぬ時が一番幸せだなんて……

そこで僕の意識は途絶えた。

目が覚めると僕の横に天使様が寝ていた。

驚くべき事に天使様は人族だった。ソフィア様というらしい。

こんなに美しい人を僕は見た事がない。見た目だけじゃなくて心が綺麗なんだ。ソフィア様は僕を蔑《さげす》む訳でもなく、優しい顔をして僕を見る。

ソフィア様は、僕の命を救ってくれただけでなく、名前までつけてくれた。

名前なんていらないって思ってたのに。『ラピス』と名前を呼ばれる度に、身体中が幸福感に包まれ、泣きそうになる。

今まで何も思ってなかった髪の色や瞳も、ソフィア様が綺麗だと言ってくれるから好きになった。

こんな見ず知らずの、何者かも分からない僕に、なんでこんなにも親切にしてくれるのだろう。

初めは少し疑心暗鬼《ぎしんあんき》の目で見てしまった。

もしかしてこの優しさの裏で、後で僕を売り捌いてしまおうと考えているんじゃ？　何かに利用しようとしているんじゃないかと。

でもそんな事は全て杞憂だった。だってソフィア様の言葉は全て裏がないんだ。

だから言葉の一つ一つに胸が温かくなる。幸せで僕を包んでくれる。僕は初めて、幸せで心から笑えたのかもしれない。

そんな時だった、ソフィア様の前で大きなお腹の音がなった。僕は情けないやら恥ずかしいやらで、その場から消えてしまいたかった。

でもソフィア様は、僕に今まで食べた事のないような極上の食べ物をくれた。美味しくって、胸があたたかくなって夢中でスープを口に運んだ。

幸せで満たされていく。なにかを食べて涙が出たのは初めてだった。

こんな卑しい僕を、ソフィア様は輝く笑顔で見つめてくれた。僕が美味しそうに食べるとソフィア様が微笑むので、その笑顔が見たくてお腹がパンパンになる程スープを飲んでしまった。

ソフィア様の美しい笑顔が見たかっただけなんだ。

僕は名前をもらっただけでも幸せだったのに、ソフィア様は更に仕事まで与えてくれた。

このまま生きていいと言ってもらえたようだった。

この美しくて優しいソフィア様は、どこまで僕を甘やかせば気がすむんだ。

僕は神に誓った。これからの人生はソフィア様のために生きようと。

ソフィア様が僕に新しい命をくれたから。

ソフィア様が僕に幸せをくれたから。

ソフィア様が僕に知らなかった感情をくれたから。

ソフィア様が僕に笑ってくれたから。

僕の天使……ソフィア様。

◆

お父様はその日夕食の時間にも帰って来ず、「夜中に帰って来たのよ」と後でお母様が教えてくれた。ラピスは筆頭執事のセバスから部屋を与えられ喜んでいた。明日からセバスによる厳しい執事教育が始まるらしい。ラピス、頑張ってね。

次の日の朝。

お父様は朝食の時間になっても姿を現さなかった。

一瞬夜中に帰ってきて、何やら色々と用意をし、私が起きる頃にはお弁当を持って王宮に向かったとお母様が教えてくれた。

そうそう、お弁当といえば、この国にそんな文化などなく。

私が初めてお弁当を作ってお父様に渡した時は、かなりビックリしていたけど、「お昼もフィアたんのご飯が食べられるんだね」と涙を流し喜んでくれた。

グレイドル家ではそれからお弁当が流行し、メイド達のご飯がお弁当になったりしている。

私は今密かに企んでるのは、冷えないお弁当箱を作る事だ。魔道具研究をしている天才ジーニアス様と、アレコレ二人で模索中なのだ。

などと朝食を食べながら、色々と考えていたらアイザック様が皇子様スマイルで登場した。

いつもお昼過ぎに来るのに……今日はこんなに早くにどうしたんだろう？

「ちょっと気になる事があってね？　朝早くから来ちゃった」

と可愛く頭をコテンと傾げるアイザック様。

ちょっ！　それ絶対計算ですよね？　あざと可愛すぎですよ？

メイド達はささっと私の席の横にアイザック様の場所を作る。いつも通りといった風に普通に席に着くアイザック様。まるでいつもその場所で一緒に朝食を食べているかのようだ。

「わぁっ！　今日の朝食はこの前ソフィアが教えてくれた【サンドイッチ】というパンだね？」

アイザック様はキラキラした瞳で、サンドイッチを見ている。

「はいっ。今日は蒸し鶏とサラダを一緒にはさんだサンドイッチと、ふわふわ卵のサンドイッチの二種類です」

サンドイッチは今、グレイドル領で大人気を巻き起こした四角いパン、【ショクパン】を使ったアレンジ料理だ。お肉や野菜と気分によって中身を工夫出来るので、最近のグレイドル家の朝食にはサンドイッチがよく登場する。

ショクパン自体も、料理長に四角いパンを作りたいと相談し、二人で挑戦するも中々いいものが作れず、何度も作り直し研究を重ねた結果、やっと完成した自信作なのだ。

完成した時には料理長と二人で手を取り合って喜んだ事を思い出す。

アイザック様にこの話をしたら「ソフィアがそんなに頑張って作ったんだもの、美味しいに決まってるよね。絶対に僕にも食べさせてね？」と言われていたので、今目の前にあるサンドイッチを見て凄く嬉しそうだ。

「アイザック様。見てるだけじゃなく、食べてみて下さい」

「そうだね。では頂くとしよう」

ハムッ……！　アイザック様はサンドイッチを手に取りガブッとかぶりつく。

そしてモグッモグッ……ゴクンッと美味しそうな音を鳴らし咀嚼《そしゃく》する。

「……美味しっ」

蕩ける笑顔でサンドイッチを頬張っている。

よかった、アイザック様にもサンドイッチは高評価のようだ。

「ふふっ。ソフィアのおかげで、僕は毎日の食事の時間が大好きになった。今日も美味しい食事が食べられて幸せだよ。ありがとうソフィア」

アイザック様はヘニャリと蕩ける顔で笑う。

かっ、可愛いっ！

この世界では可愛いは男の子に対する褒め言葉じゃないんだけど、前世の記憶がある私からしたら、十歳の美少年アイザック様の姿は可愛いでしかない。

ふと横を見ると、執事服を着たラピスが拙いながらも必死に空いた食器を片付けていた。

横からセバスが何やら指導している。

「ラピス！　頑張ってね」

ラピスと目が合ったので小声で応援すると、ラピスは私に向かって少し照れくさそうに会釈《えしゃく》すると、再び食器を運んでいた。

「……ねえ？　ソフィア。あの子が助けてあげた子？」

アイザック様が突然ラピスの事を質問してきた。

あれ？　私がラピスを助けた事を知っているの？

その顔は先程の蕩ける笑顔がなくなり。凍りついたように表情が固まっている。

アイザック様？　口だけ笑っているよ？　目が笑ってないよ？

「なんで……それを知って？」

「昨日グレイドル公爵が、国王陛下と話しをしていたのをコッソリ聞いたんだ」

「コッソリ!?」

アイザック様、それは盗み聞きというんでは？

「教会の話は僕もお手伝いしたいと思っていてね。国王陛下からも正式に調査を任せてもらったよ」

「アイザック様が!?　ありがとうございます。あの糞司祭《クソカッツォ》は許せないんです！　ギャフンと懲らしめてやらないとっ」

お父様、早速国王陛下に話をしてくださったのね。アイザック様も動いてくれるなんて心強い。

これであの糞司祭を罰することができるはず！

本当は私自身の手でなにかできればよかったのだけど、今の私にはなにも出来ないから……

動いてくれる人たちに感謝しよう。

そんなことを考えていたら、アイザック様が再び話しかけてきた。

「ふふっ……ソフィア、司祭の事は任せてね。それに、可愛い令嬢が糞なんて言ったらダメだよ？

でもねソフィア、僕が一番気になるのはね？　ソフィアが助けたあの男の事だ。アイツの名前をソフィアが付けたんだよね？　……あの執事見習いに」

アイザック様は笑ってない顔のまま淡々と話す。

「はっ、はい……」

なんでこんなにアイザック様は怒ってるの？　もう真顔ですよ？

「ずるいよっ。僕だって名前を付けてもらってないのに！」

「はっ……え？」

そんな事⁉

「ねぇ、ソフィア？　僕にも名前を付けてよ」

「だってアイザック様には、名前があるじゃないですか……」

何を突然言いだすんだ、この皇子様は⁉

あー……っ！　分かった。これってヤキモチだ。子供によくある、友達の一番の親友は自分ってヤツだよね。

ふふっ。アイザック様も大人びてるようで、こんなところは十歳の子供だなぁ。

……なんてお姉さん目線でニヤついていたら。

「……だから僕の愛称《あいしょう》を考えてよ」

口を尖らせ、少し照れくさそうに私をじっと見る。

「愛称《あいしょう》？」

私が愛称《あいしょう》を？　えーっ……これまた難しい事を言う。そんなの考えるの苦手なんだけどなぁ。

ううむ……何がいいかな？

「アイザック様の……うーん？　アイ様……イザック様？　ザック……決めた！　ザック様はどうですか？」

「ザック……ふふっ、いいね。今日から僕の事はザックって呼んでね？」

アイザック様は見惚れる笑顔を向けた。

「……くっ」

可愛すぎる……！

「ねぇ、ソフィア？　呼んでみて？」

「ザック様？」

「ふふっ……ザック」

愛称《あいしょう》をよほど気に入ってくれたのか、自分でも呼んで言葉を嬉しそうに飲み込む。

その姿がまた可愛い。

「もう一回」

はいはい。お姉さんは何回でも呼んであげますよ。

「ザック様」

「ふふ。気に入ったよ」

アイザック様はニコニコ微笑み、サンドイッチを再び食べ出した。そういえば前世でも小学生のころに、皆でニックネームの付け合いしたなぁ……なんてふと思い出した。

◇

教会の一室。ウメカ・ツゥオ司祭は怪しげな男と話をしていた。

「この国の国王と宰相《さいしょう》が、我らを調べるために動き出した。貴方との取引きはもう終わりだ！」

「えっ!? 私との取引きが終わりって？ どういう事ですか！ ジャッ……」

ウメカ・ツゥオが喋るのを遮るように謎の男が口を塞ぐ。

「喋り過ぎだ、ツゥオ司祭。我らはもう貴方との取引きを今後一切しない。我らに関する書類や資料も全て燃やした。これが何を意味するか分かるか？」

「そそっ……!? そんな！ 私は貢献したではないですか！ それが何故このような仕打ちを受けないといけないのですか！」

その言葉に男は蔑《さげす》むようにウメカ・ツゥオを見る。

「貴方はまだ分からぬのか？　もう自分が用済みだという事が。ツゥオ司祭？　この国での貴様の価値など、もうないのだよ」

ウメカ・ツゥオは男に必死に縋りながら話をするも、一方的に話を切られてしまう。男は静かに扉を閉め、その場を去っていった。

「くそうっ、なんでこうなったんだ！　全て上手くいっていたのに！」

取引に使っていたのは身元がはっきりとしない孤児の子供だけ。取引にまつわる事は誰にもバレないように気を付けていたのに、なぜいきなり……

いつもと違うことと言えば……視察に来た公爵家の令嬢か⁉

全てあの公爵家の令嬢が教会へ視察に来てからだ！　そうだ、アイツのせいに違いない！

全て上手くいってたのに！　まさか王まで巻きこんで教会を調べるなんて！　クソッ、クソが！

あんな子豚にっ……絶対に許さない！

ウメカ・ツゥオ司祭は謎の男に見放されたため、自分の保身を図り、慌て教会から行方を眩ませた。

その数時間後にはグレイドル領の警備隊が教会に押し寄せるのだが……

その時教会には子供達しかいなかった。

ウメカ・ツゥオはソフィアに仕返しをしようと、グレイドル領の街の何処かで息を殺し、隠れ潜んでいた。

◇

ウメカ・ツゥオから逆恨みされてるなんて思いもよらないソフィアは、ガゼボにてアイザック様とのんびりお茶を飲んでいた。

『なぁ、ソフィア？　クッキーないの？』

『私はケーキが食べたいなぁ』

妖精のシルフィとウンディーネが、お菓子を寄越せとガゼボに飛んで来た。

「ちょっと待ってね？　クッキーならここにあるよ」

私はポケットからクッキーを取り出す。

『やったー！　クッキー』

シルフィが嬉しそうにその場をクルクルと飛び回る。

『まぁ？　ソフィアの手作りクッキーなら、美味しいのは間違いないね！　ケーキは次で許してあげる♪』

ウンディーネも美味しそうにクッキーを口に入れた。

「ソフィアの妖精達は楽しそうだね。ふふっ」

アイザック様が優しい目をして妖精達を見ている。

「でしょう？　甘いお菓子が大好きなんです」

アイザック様はシルフィ達の声は聞こえないが、なんとシルフィ達の姿が見えるようになっていた。

魔力数値だけならファーブル様の方が上なのに、ファーブル様はシルフィ達の光さえ見る事が出来なかった。シルフィ達の姿を見るには、魔力以外の何かが必要なのかも知れない。

その事をシルフィ達に聞くと。

『えー……？　分かんない』

『ソフィアの魔力は美味しいから～、相性がいいのかな～』

うーん……意味が分からない。もしかして魔力の味が妖精との相性に関わっていて、それによって姿が見えたり声が聞こえたりするの？

……まさかね。妖精達の謎はまだまだよく分からないことがいっぱい。

そんな事を考えながら、私はクッキーを口に入れた。

「美味しっ」

皆でクッキーを食べていたら、背後から声をかけられる。

「やあ。ソフィア嬢。ここにいたんだ」

「ジーニアス様！」

リリがジーニアス様を案内して、ガゼボにやって来た。

「また来たのかジーニアス？　勉強や領地の勉強とか、する事が沢山あるだろ？」

アイザック様は少し眉を吊り上げ、ジーニアス様に嫌味を言う。

でも仲良しなんだよね。いつもの挨拶って感じだよね。猫が戯《たわむ》れあっているみたい。

「……その言葉、ソックリそのまま君に返すよ」

ジーニアス様がメガネを指で動かし、アイザック様を呆れたように見る。

「なっ……⁉　僕は勉強を終わらせてだなっ……今日はちょっとまだやってないけど……」

「用事があって王宮に先に行ったんだが、国王陛下から君を呼んで来てくれって頼まれたんだよ」

「なっ⁉」

「僕がこの後グレイドル邸に行くとお話ししたら、どうせアイザックもそこにいるだろうからってさ。言伝を頼まれたのさ」

「えっ……お父様が？」

「何か教会にまつわる問題とやらで、僕のお父様も呼ばれていたし、四大公爵家が全て集まっていたな」

「あっ！」

ジーニアス様の言葉に驚くアイザック様。

「……ボソ。大事な会議じゃないか。僕も参加できるのは凄く嬉しいけど……ジーニアスとソフィアが二人っきりになるのは嫌だ。でも、司祭の事はソフィアも気にしていたし……クソッ！　行きたくないけど行くしかないか」

一人ぶつぶつと何か独り言を言っているアイザック様。何を言っているのかは聞こえないけれど、悩んでるようにみえる。そんな大変な用事なのだろうか？

国王陛下の呼び出しだもんね。簡単な事では呼び出さないよね。

「ソフィア……少し寂しいけど行ってくるよ」

アイザック様はそう言うと、私の髪の毛をひと束とり、口付けした。

「はわっ……！」

なんですか、今のはっ！　漫画や映画に出てくるような皇子様のキラキラ仕草！　そんなことがリアルにあるのねっ。

私は初めての皇子様体験に、どう対応していいのか分からず、頬を赤らめ固まってしまう。

その姿を見たジーニアス様が、私とアイザック様の間に割って入ってきた。

「何やってんだよ！　ソフィア？　僕が消毒してあげるね？」

ジーニアス様まで同じように、髪をひと束とり口付けする。

「あーーっ！　ソフィアの髪が穢れるっ！」

「なっ？　そんな訳ないよっ」

「あるよっ！」

「君は国王様に呼ばれてるんだろ？　さっさと行きなよ？」

「ぐうっ……ソフィア？　ジーニアスに何かされそうになったら、直ぐに逃げるんだよ？　分かったね」

「何言ってるんだ！　君じゃあるまいし！」

この時私は、二人の会話が全く耳に入っていなかった……

異世界の子供って皆、漫画みたいなの⁉　私……ちょっとお姫様みたいだったよね？　さすが異世界は違うねっ！　などと見当違いな事を、もんもんと考えていたのだった。

◆

アイザック様が去った後、ジーニアス様がある物をテーブルの上に置いた。

「ソフィア！　とうとう頼まれてた魔道具の試作品が完成したんだよ」

「まぁっ！　アレがもう⁉　さすがジーニアス様ですわっ。稀代《きたい》の天才は仕事が早いっ。私、嬉しいです」

「いやっ……そんな大した事じゃないよっ……ゴニョ。そんなにじっと僕を見つめないで……恥ずかしいから」

ジーニアス様が口を覆い下を向いて話す。

「え？　なんて？　後半なんて言ったのか聞きとれませんでした」

「なっ、なんでもないよ！　それより、コレを見て」

そう言って私の前に魔道具を置く。

「これがずっと冷めないお弁当箱……」

見た目は普通のお弁当箱と遜色《そんしょく》ない。大きさは前世でいうところの正方形の三段重箱だ。

「中を開けてみて？　中身には朝食を入れたんだ、今は昼過ぎだから普通なら冷えてるよね？」

私はドキドキしながら重箱の蓋を開けてみる……

すると……！　美味しそうな香りと共に、ふわっと温かい湯気《ゆげ》が立ち込めてくる。まるでさっき作ったばかりのようだ。

「凄いっ！　凄いですわ、ジーニアス様っ！」

私はジーニアス様の両手を握りしめ、ブンブン振って喜ぶ。

「ソフィア、顔が近いっ！　そんな可愛い笑顔で僕の手をずっと握らないで？　可愛すぎて困る」

ジーニアス様が何か言っていたんだけれど、お弁当箱に興奮した私はそんな声が全く入って来ず、メラメラとやる気を漲らせていた。

これは、お弁当革命が起きる！　いや、起こすのよ！

私には私にしかできないことがあるんだから！

◆

日が暮れジーニアス様も帰られると、夕食時にはお父様も帰って来ていて、一緒に食べる事が出来た。いつもならニコニコと楽しくお話をしているのに、今日のお父様はなんだか少し様子が違った。もしかしてアイザック様が呼ばれた会議のせい？

「それでね？　ソフィア、少し残念な話と、よい話があるんだ」

「えっ!?　残念なお話？」

「実はね？　今日、ウメカ・ツゥオ司祭を拘束しに教会に行ったら、すでに逃げられた後だったんだ……」

「逃げられた!?」

糞カツオめー！　鼻がきくのねっ。悪役って感じが出てるわ。

でも絶対に逃がさないんだから。時間がかかったとしても私は諦めないわ。

「でも安心して？　すぐに居場所は掴めそうだからね」

「そうですか……よかった。なら、本当によかったです」

やっぱり悪役はすぐ捕まる運命なのよね。お父様たちに任せっぱなしになっているのは心苦しいけど、はやく掴まえて苦しむ人を少しでも減らしたい。

「それでいい話はね、ウメカ・ツゥオ司祭が取引していた国が分かったんだ。ソフィアの話をきっかけに、奴隷《どれい》の取引について調査を進めてね……王宮に忍び込んでいた間者《かんじゃ》を見つけ全て拘束し、吐かせたんだ」

ゴクッと思わず生唾を飲み込む。

「……それは何処の国ですか？」

「我が国リストリア帝国の東にある隣国、アヤッスィール王国さ」

「一番近い小国ですよね？」

アヤッスィール王国……何だか聞いた事があるような。巻き戻る前になんか関わりがあったようなな？　記憶があるんだよね。

……うーん。思い出せない。

「そうだよ。大国であるリストリア帝国を相手に、こんな事をやらかしてくれたんだ。落とし前はつけさせてもらうつもりさ」

お父様が物凄く悪い顔して笑った。その顔を見て、思い出した。

あーっ！　ちょっと待って⁉　アヤッスィール王国って、巻き戻る前はお父様と怪しい取引をしていた国だ！　その取引がのちにバレてお父様は断罪されるのよね。

今は全く繋がりがないけど……お父様と繋がりを持たせないように気をつけないと！

断罪イベントに繋がる死のフラグは、見つける度にポキッと折らなくちゃ！

……と改めて心に誓うのだった。

第三章　精霊王

『そうだっ、あと少し！』

『ナイスバランス！』

森の入り口で、一日の日課である体幹《たいかん》トレーニングとヨガをしていると、シルフィとウンディーネが毎回応援してくれる。二人はトレーニングを全く理解していないが、毎回楽しく応援してくれるので低迷していたヤル気に繋がっている。

なんでヤル気が低迷してるって？

何故なら……順調に痩せていた体重がここ一年全く痩せないのだ。理由は全くもって分からない。

食事も気をつけて食べているし、運動に至ってはかなり増やしているにもかかわらずにだ。

これはもう……ソフィアが痩せにくい体質で、ポチャが限界なんだろうか……

なんて考えたら運動していても気分が滅入る。

あの素晴らしい筋肉が、自分の体で拝めないかもしれないという、得体の知れない不安……

はぁ……まだ今の段階は、筋肉どころかポチャでお腹もポヨポヨだ。

将来はシックスパックの引き締まった腹筋になる予定なのに……くそう。げせぬ。

だから二人の応援は凄く嬉しい。

私がこの森の入り口でよく寛いでいるので、お父様がここにも広めのガゼボを建ててくれた。

ガゼボ内にリラックス出来るベッドまであって、至れり尽くせりだ。

そこでのんびりとデトックスティーを飲んでいたら、ファーブル様が遊びに来た。

アイザック様が急に呼ばれて王宮に行った日から一週間……アイザック様はもちろん、ジーニアス様やアレス様までグレイドル邸に顔を出さなくなった。

特に二日にあげず一番遊びに来ていたアイザック様が一週間も顔を見せないなんて初めてだ。

アヤッスィール王国と何かあったんだろうか？　と心配がよぎる。

ファーブル様は二週間ぶりかな？

元々ファーブル様はこのペースで遊びに来るので、いつも通りなんだけど。

「ねぇソフィア嬢、この蝶《ちょう》を見て？」

「こっ……この蝶《ちょう》って……！」

「そう、爆弾蝶《ちょう》」

爆弾蝶《ちょう》ってこの森にもいる触れたら爆発する蝶《ちょう》だよね？

ファーブル様はそれを肩に乗せている。

「えっ……凄い！　どうやって捕まえたの？」

「ふふっ、ソフィア嬢ならそう言ってくれると思った」

ファーブル様はとろけるような甘い顔で笑う。

「皆に見せても危険だとか早く捨てろとか……気持ち悪いとか……」

爆弾蝶《ちょう》は触れたら爆発する恐ろしい蝶《ちょう》だけど、見た目はものすごく美しい。

「むう……こんなに綺麗な蝶《ちょう》を気持ち悪いはないですよね」

「だよね？　爆弾蝶《ちょう》はね？　人族にも懐くんだよ。たまたま弱っていたところを見つけてお世話をしたんだよ。そしたら僕から離れなくなって、今じゃコイツは、僕の大切な友達……ルビーなんだ。ふふっ、可愛いんだよ」

そう言って愛おしそうに蝶《ちょう》を見つめるファーブル様。

「すごーいっ！　爆弾蝶《ちょう》が懐くなんて」

『おいソフィア？　あれ蝶《ちょう》じゃねーぞ？』

「え？」

シルフィが私の肩に乗り、蝶《ちょう》じゃないと言ってきた。じゃあ何？

爆弾蝶《ちょう》にしか見えないんだけれど。

『そうよっ、蝶《ちょう》のふりをしてるだけで……』

「蝶《ちょう》のふり？」

「どしたの？　ソフィア嬢。急に？」

ファーブル様が何？　といった顔をして私を見る。

しまった声に出ちゃってた。

『バカッ、声にだしたらダメだろ？』

シルフィに叱られる。ファーブル様は全くシルフィ達の姿が見えないんだもんね。

急に独り言を言ってるようにしか見えないよね。

(ゴメン……ビックリして)とアイコンタクトをシルフィ達にとる。

『あの子は樹《いつき》の妖精よ』

「えーーー！　妖精っ」

「うわっ⁉　ソフィア嬢？　何？」

驚きのあまり突然大声を出して、ファーブル様をビックリさせてしまった。

「あっそのっ……そう！　顔に何かが当たってビックリして……そのう」

「そうだったんだね。急に叫ぶから……」

ファーブル様はごまかせたけど、樹《いつき》の妖精さんがコッチをずっと見ている気がする……

『気がするじゃないのっ！　見てるのよっ、おバカ！　ファーブル様を驚かすなんてっ。なんでこんな子に精霊王様が会いたがるのかしら……』

樹《いつき》の妖精が突然、話しかけてきた。

精霊王？　なんかとんでもないワードが出てきたような……

『精霊王⁉　ちょっドライアド！　お前今、なんて言った？　オイラそんな話知らないよ？』

『私もよっ！　なんで精霊王様がソフィアに会いたいの⁉』

『知らないわよ！　シルフィ達に言付けしてって頼まれて、アンタ達のところに向かったら……なんでか道に迷って……街にでちゃって……森のパワーをもらえなくて、弱ってたところをファーブル様に助けてもらったの！　運命の出会いよっ！』

樹《いつき》の妖精は顔を赤らめ、ウットリとファーブル様を見ている。

『あー……そう。お前、方向音痴だもんな』

『本当……よりにもよって、ドライアドなんかに頼んだのかしら』

シルフィとウンディーネが少し残念そうにジト目で樹《いつき》の妖精を見ている。

『何よっ、その目は！　取り敢えず！　この森の泉に精霊王様がいるからっ！　この子を連れて会いに行ってよね』

『お前っ、それっていつの話だよ？』

シルフィが質問するも首を傾げる樹《いつき》の妖精。

『えーっ？　分かんない。ええと、昨日とか？』

そう言って羽をパタパタさせて背中を向けてしまった。この態度は明らかに怪しい。

これはファーブル様に聞いてみよう。

だってファーブル様が助けたんだから、出会った時が森を出た日だよね？

「あのファーブル様？　ルビーとはいつ出会ったんです？」

「ルビーと？　確か……一週間前だよ」

それを聞いたシルフィとウンディーネが目をまん丸にして驚く。

『お前っ！　一週間も経ってんじゃんか！　このおバカ！』

シルフィが樹《いつき》の妖精にデコピンする。

『痛っ！　ししっ、知らないわよっ！　だって私弱ってたし……』

『はぁ……面倒な事にならなきゃいいけど……』

その様子を見ていたウンディーネが大きなため息をついた。

その後二人は少し困った顔して……黙り込んでしまった。

どーいう事⁉ 私はどーしたらいいの？ 面倒な事って？

「じゃあソフィア、またね？」

ファーブル様は樹《いつき》の妖精ドライアドを連れて帰って行った。

それを見たシルフィとウンディーネが呆れた顔で話す。

『ちょっとぉ？ ドライアドのやつったら森を守る樹《いつき》の妖精なのに、ついて行ったわよ？ 森を守る気とかないよね』

『はぁ……あいつはちょっと残念妖精だからなぁ。また飽きたら帰ってくるだろ？』

『言えてらっ』

『方向音痴だからいつになるか分からないけどねっ、ププッ』

シルフィとウンディーネが、ドライアドの事を話してるけど……残念妖精って……

『ソフィア？ 取り敢えず精霊王様のところに行くか？ なんの用事なのかは分からないけどさっ』

『そうねっ、怒らせるとめんどくさいからね』

ええ……そんな面倒い人っ、もとい精霊王様に会うのは、ちょっと気が引けるなぁ……

しかもなんの用事だか分からないとか……会わないとダメ？

『さっ、行こうソフィア！』

『さっさと用事済ませて、帰ったらケーキを食べよ』

シルフィとウンディーネが、さっさと用事を終わらせようってなノリで行こうと急かすけど……

精霊王様の用事なんだよね？　妖精達の中で一番偉い人なんだよね？

精霊王様の扱いが適当というか雑じゃない？

私は色々と気になるところがあるも返事をする。

「……うっ、うん。分かった」

取り敢えず精霊王様に会いに森の中に入った。

『私と出会った泉にいるから』

「ウンディーネがいたキラキラ光る泉？　綺麗な泉だよね」

『泉があんなにキラキラと輝いてるのは精霊界と繋がってるからなの。実はあの泉は妖精達のパワースポットなのよ』

知らなかった！　屋敷の森にそんな凄い泉があったなんて！

まさかこれも神様チートなのかな？

まだ何にもチート能力を役立ててないけど……この先何かあった時には、チート爆発になっちゃうかも！

……なんて妄想に耽っていたら、キラキラ光る泉にもう着いた。

よく見ると泉の上をシルフィ達より小さな光の玉が沢山飛んでいる。

前の時は気が付かなかった。

「――綺麗！」

『あの光が姿を持たない妖精達さっ』

「あの光も妖精なんだ！　わぁ、綺麗だね」

私が妖精達の綺麗な姿に見惚れていると。

『人の子ソフィアよ……よく来てくれた。我は……』

「あっ！　あの光もいつかはシルフィみたいになるの？」

『そうさっ。まぁ？　オイラのようになるには、何百年も修行が必要だけどな』

「そうなの？　シルフィって凄いんだね」

『そりゃそうさっ。オイラは風の妖精王だからな』

シルフィが凄いだろと言わんばかりにふんぞり返る。

いつかはこの光の子も妖精になるのね。素敵。

『あっ、あれぇ？　人の子ソフィアよ……我の話を…んんっ、んっ！』

シルフィとの話に夢中になり、上空から舞い降りて来た美しい精霊王様の問いかけに、全く気付いてない私。

精霊王様は気付いて欲しくてアピールをしているようなんだけど……

私は目の前を飛ぶ可愛い妖精達に夢中。

「妖精達の光が反射して泉が輝き、眩しいのね」

『ちょっとソフィア！　右に向いて！　右！』

余りにも精霊王に気付かない私にウンディーネが焦って慌てて教えてくれる。

「ほぇ？」

ウンディーネの言われた方角を見てみると……キラキラと銀色に煌めく真っ直ぐで長い髪に青い瞳をした恐ろしく美しい男性？　が泉の上に浮かんでいた。

「はわっ！　浮かんでるっ」

『やっと気付いてくれたのう。我は精霊王アルカディアじゃ。人の子と会うのは数千年ぶりじゃ』

動揺してつい固まってしまった。挨拶しなくちゃ！

「せっ……精霊王様っ！　ソフィアですっ」

精霊王様にカーテシーを披露する。少し緊張して、いつも通りに出来なかったけれど。

『ふふっ、そこにいるシルフィとウンディーネが、ソフィアの話を我によくするからのう。其方の事はよく知っておる』

「えっ？　そうなの」

チラッとシルフィを見ると、眉を八の字にし困った顔をして、ポリポリと頬を指でかいている。

ウンディーネを見たら……私と目さえ合わせない。

ちょっと二人とも！

私が精霊王様に呼ばれた原因って……もしかしてシルフィ達のせいじゃ……？

『それでじゃ……そのポケットに入っておる袋を我にも……』

「袋？」

袋ってなんの事だろう？

ポケットの中って……クッキーが入った袋しか入ってないよ。

もしかして……クッキーが欲しいとか？

精霊王様にクッキーを渡す？　いやいやそんなの意味が分からない。

でもポケットにはクッキーしか入ってないわけで。

私は不思議に思いながらも、クッキーが入った袋をポケットから取り出す。

「これ……ですか？」

『そっそれじゃっ！　いつもシルフィが我に美味い美味いと自慢するのじゃっ！　どんな味か気になって我はいても立っても……！　ゲフンゲフンッ。まぁ……そのう。ちょっとクッキーとやらを精霊王である我も、確認する義務があるのじゃよ』

精霊王様？　心の声が殆どダダ漏れですよ？

急に真面目な風に話を変えましたけど、クッキーを食べたいだけですよね？

クッキーの袋は私の手からフワリと浮いて、精霊王様のところに飛んで行った。

『これがクッキーか……ゴクリッ！』

精霊王様はうっとりとクッキーを見つめた後、口に入れた。

サクッと軽快な咀嚼《そしゃく》音が響く。

『!?　美味いっ、魔力も込められてなんという美味さっ！　ソフィアの魔力は美味いんじゃのう。ふぬっ、困った……手が止まらないのじゃ！』

精霊王様は幸せそうにクッキーを何度も口に運ぶ。ええと……精霊王様の威厳《いげん》はどこに？

見た事もない程に美しい人が、美味しそうにクッキーを口いっぱいに頬張っている……

なんてシュールな絵面なんだ。

『はぁ……なくなってしもうたのじゃ』

精霊王様は今にも泣きそうな顔で、空になった袋を見ている。

なんだか可愛い……もう私の中では王の威厳《いげん》なんてどっかにいってしまった。

「ぷぷっ……精霊王様。もう一袋ありますけどいります？」

私はポケットからクッキーの入った袋を取り出す。

『なっ！　まだあるのか？　いるいる、いるのだっ！』

クッキーの袋を渡すと、精霊王様は大事そうに袖の下にしまった。

『ソフィア、我はお主の事が気に入った。特別に其方の身体の秘密を教えてやろう』

「私の身体？」

このわがままボディに秘密があるとでも？

『そうじゃ。その身体はこれ以上痩せんじゃろ？』

「なっ！　なんでそれを？」

痩せない体について指摘され、思わず手に力が入ってしまう。

『我は知っておるのじゃよ』

私の身体が痩せない秘密!?　そんなの知りたいに決まってるよ！

なんで精霊王様が知ってるのかは不思議だけど、次の言葉をドキドキしながら待つ。

まさか痩せないのに理由があったとは。子供って代謝《たいしゃ》がいいはずだし、おかしいと思ってたのよね。でも、どうしよう……痩せない理由がどうにも出来ない無理な話だったら……むうう。

精霊王様の次の言葉を待ってるうちに、不安が押し寄せてくる。

『どうしたのじゃ？　そんなに難しい顔をして？　もしや秘密……知りたくないのか？』

私が眉間に皺を寄せて黙って考えてたせいで、その顔を見た精霊王様を勘違いさせちゃった……

「ちょっ!?　そんな訳ない。教えて下さいっ！」

『そうか？　ゴホンッ。其方の体にある魔力のマナなんじゃがの？　大きさが、桁《けた》違いなんじゃよ』

「マナ？」

マナって何？　聞き慣れない言葉が出てきた。言葉の意味が分からずキョトンとしてしまう。

『んん？　そこから説明が必要か、マナとは体内にある魔力を溜めておく場所の事じゃ。お主達人族は体内にマナを溜めて魔法を使っておるんじゃが……。お主のマナは桁《けた》違いに大きくて、その小さな身体じゃとマナが溢れてその太さになっておる』

ちょっと待って……精霊王様は私のマナが大きすぎるせいで太いって言ってるよね。

これって！　これって！

私が神様にチートだなんだって、魔力をもらったせいだ……！

創造神様の加護なんて初だって言ってたもん。

なんてこった、自分で自分の首を締めていたなんてっ！

ああっ……なんで神様にあんな欲張ってチートとか言って色々ともらったのよ！　おバカっ！

って事は私は、一生この体型って事よね……はぁぁ。

私はガクンッと膝から崩れるように座りこむ。

『ソフィア？　どっ……どうしたのじゃ、急にそんなに落ち込んで？　我はそんなにがっかりさせる話をしたか？』

私の様子を見て心配した精霊王様がオロオロと困っている。心配かけてすみません。

だって一生ポチャなんて……美しい筋肉が自分の体で拝めない事がショックすぎるんです。

「……自分が欲張ったせいで……一生ぽちゃのままなのかと思うと悲しくて……」

『むう？　何を言うておる？　我は一生その姿のままとは言うておらん。今はその体型じゃが、成長すれば体も大きくなるから痩せるじゃろうて』

ふぇっ？　今なんて言った？　成長したら痩せるって言ったよね⁉

「痩せる？　痩せるの⁉」

思わず立ち上がり、精霊王様に迫る。

『なんじゃ？　急に元気になって、そんなに痩せたいのか？　変わっておるのう。今の姿も十分美しいけどのう？』

精霊王様は少し目を細め、蕩けるように笑った。

「はうっ……そんなお世辞はいいんですっ」

不意打ちの美形の笑顔の破壊力はヤバすぎる。はぁビックリした。

『ぬぅ？　我はお世辞など言うとらんが……そんなに痩せたいなら……』

パチンッと精霊王様が指を鳴らした。

すると私の体から、キラキラと虹色に煌めく光の粒子が溢れ出てきた。

「ちょっ、ふぇ？　あわっ……精霊王様？　何をしたの!?」

突然自分の身体から光が溢れ出して、どうしたらいいのか分からず慌ててしまう。

『ああっ、ソフィアの美味しい魔力がぁ……勿体ない！』

『本当よっ、こんなに溢れ出てっ……精霊王様！　勿体ないじゃない。何してるのよ！』

シルフィとウンディーネが慌てて私の身体から溢れでる光の中を、身体中で浴びるように飛び回り、美味しそうに食べている。

余りにも二人がうっとりと食べているのが気になったのか、精霊王も興味をしめす。

『ほう……確かにクッキーに入っていた魔力は極上じゃった……どれ？　我も』

精霊王様が私に近付き、シルフィ達と同じように光の粒子に潜る。

『なっなんと……ほうっ、これは……。何とも極上の魔力……！』

精霊王が恍惚《こうこつ》とした顔をして私の魔力を味わっている。

ええと、精霊王さま？　何がしたいんです？　私は今、魔力放出機と化してますよ？

私の体から虹色に煌めく光の粒子がでてこなくなると……

『なんじゃ……もう少し味わいたかったのじゃ』

「ソウデスカ」

私は何がしたかったのか全く意味が分かりませんよ？

残念がる精霊王様を少し呆れたようにジト目で見る。

『おっ！　ソフィアっ、痩せてるぞっ。泉で姿を見てみろよっ！』

『本当だわっ、痩せてる！』

シルフィとウンディーネが私が痩せたと騒いでいる。

本当に？　慌てて泉に姿を映すと。

……痩せてる。

「えっえっ？　なんで？」

『じゃから言うてたであろ？　マナに膨大に溜まっておった魔力を放出したからじゃよ』

さっきの光の粒子がマナに溜まっていた魔力！

『それが本来のお主の姿じゃよ！　じゃがソフィアの体内のマナは、すぐに膨大な魔力を集めてしまうから……今のその姿は一日で元の姿に戻るじゃろうの』

「私……可愛い」

泉に映る自分の姿を、ついうっとりと見てしまう。

凄いっ……！　もう私は痩せていたんだ……後はマナ次第。

「精霊王様！　私はいつ痩せた姿になれるんですか？」

『そうじゃのう。ふうむ……ソフィアの成長具合にもよるが……後三年～五年ってとこじゃのう？』

後三年！　長くて五年！

……それでやっとこのわがままボディとお別れできるのねっ……それなら私頑張れる！

『ソフィアがもっと早く痩せたいと望むなら……力の強い名前持ちの妖精と契約することじゃな。契約した妖精はマナを食べてくれるから、痩せる時期は早くなるのう……そうそう我とか？』

へっ？　精霊王様？　最後にとんでもない爆弾落とさなかった？

うん……聞こえなかった事にしよう。

『んんっ。ゲフンッ！　じゃから、痩せたければ我と契約とかの？』

聞こえなかった事にしようとしたのに……

もう一回そこだけピンポイントでアピールしてきた。

精霊王様はチラチラと私を見てるし……

「イヤっ、精霊王様？　契約とかしませんよ？」

精霊王様と契約なんかして、悪目立ちしたら困るし！

『なっ、なんでじゃ！　シルフィとウンディーネはよくて我がダメとか、解せぬ！』

私が契約しないと言うと、精霊王様が子供のようにゴネ出した……

あー……これは中々納得してくれなくて、長くなるパターン……だ。

どうしたもんかと困っていたら。

シルフィとウンディーネが助け舟を出してくれる。

『ってかさ？　精霊王様はこの場所から移動できないよね？　実体は精霊界にあるんだし』

『そうよー！　実体がないじゃない。無理よ！　ついてくるなんて……ねぇ？』

シルフィとウンディーネが、私と契約したいと言い出した精霊王様が、この場所から移動するのは無理だと言い出した。

「どーいう事？」

『んん？　簡単に言うとだな？　この場所と精霊界は繋がってるから、泉に姿を現す事は出来るんだけど、泉から離れてソフィアについて行くってなると、実体がない精霊王様はこの場所から離れる事が出来ないから無理なんだよ』

「ふーん……よく分かんないけど、とにかく実体がないから無理って事？」

『そうそう！　実体は精霊界にあるからねっ』

『って事！　分かった？　精霊王様は諦めて〜。ねぇ、ソフィア？　早く帰ってあのふわふわのケーキ、食べようよ！』

「ふわふわ？　……あっ！　シフォンケーキねっ。ちょうど今なら食べ頃かもね」

『あーっ！　楽しみだなっ……ソフィアのケーキはふわふわで美味いんだよなっ』

そんな会話を聞いた精霊王様がプルプルと震え出し……

『なっなんじゃ！　そのふわふわで美味いケーキとやらは……！　我だって食べたいのじゃ！』

『分かったよっ。また今度ソフィアに頼んで持ってくるから』

シルフィが少し面倒くさそうに、精霊王様をぞんざいに扱う。

ええとそんな態度をとって大丈夫なの？　一番偉い人なんだよね？

『嫌じゃっ！　我だって今すぐ食べたいのじゃ！』

『もーっ！　そんな我が儘を言っても無理でしょう？』

ウンディーネまで呆れたようにジト目で見ている。

精霊王様の威厳《いげん》って……

『ふぬう……あっ！　そうじゃっ、いい事思いついたのじゃっ！　ふふっ、我は天才じゃっ』

そう言うと目の前から精霊王様の姿が消えた。

「えっ？　急にいなくなるの？」

『もーっ。空気読めないんだからっ！』

ウンディーネが呆れたように肩をすくめてみせた。

『まぁ、いつもの事だからな。……もう帰ろうぜっ、ソフィア』

もう相手をしてられないとでもいうような顔をしたシルフィとウンディーネが、帰ろうと急かす。

「うっ……うん」

話が中途半端だけど……帰っちゃっていいんだよね？

そんな扱いで大丈夫なのかなと、精霊王様の事が少し気になりながらも、帰ろうと歩き出したその時……

『ソフィア！　これでどうじゃっ』

頭に矢が刺さり、片目が飛び出ている緑色の体をした小人が、手を振りながら私に向かって走って来た。

「イャァァァァァ！」

これはゴブリン⁉

慌てて走って逃げるも、ゴブリンが何故か先回りしてきて逃がしてくれないっ。

なんなのこのゴブリン！

それならいっそ魔法で……！

『ちょっ待っ！　我じゃっ、ソフィア！』

魔法を放とうとしたらゴブリンが必死に話しかけてくる。

「ゴブリンに知り合いなんかいないっ？　んっ？」

ゴブリンが私の名前を呼んだ……？

『はぁ～。ほんっと……』

『ソフィア……ゴブリン《コイツ》、精霊王だ』

シルフィとウンディーネが呆れた目でゴブリンを見ている。

「……精霊王様？」

『よかった。やっと我の話を聞いてくれた。実体がないのが問題ならの？　死んですぐの体に入りこんだら移動出来る事に気づいての？　どうじゃ、これで我と契約できるぞ？』

頭に矢が刺さったゴブリンもとい精霊王様が、モジモジと手を合わせて恥ずかしそうにコチラをチラチラと見ている。

いやいやいや……契約っておでこにチュッてするアレでしょ？　ゴブリンが私に⁉

はい無理です。怖すぎる。

「……やっ」

『んん？』

「絶対に嫌です！　こんな怖いゴブリンがずっと私の側にいるとか、耐えられない！」

『そそっ、そんな……怖い？　ならどんな姿がいいんじゃよ？』

精霊王様は半泣きの顔で、私の好みを聞いてきたんだけど。

好みと言われても……どうしようかな？　やっぱり可愛いが一番。

「モフモフで可愛いの！　それ以外は認めません！」

『モフモフで可愛い!?　そんなの我は分からぬよ、ソフィアよ？　もう少し我にアドバイスをっ』

「そうですね。ふわふわしてて……いつも触りたくなるような毛並み！　そして可愛い。頭に矢が刺さってるとかは論外です！」

そう言うと精霊王様は、自分の頭を触りハッとする。

『あっ……確かに我、頭に矢が刺さっとる！　だからかっ……ソフィアよ？　すぐにリベンジするからのっ、待っておれ』

すぐさま精霊王は何処かに走って行った。

ええと精霊王様？　矢が刺さってるよりも何より、ゴブリンはないわ〜、分かってますか？　っと声を大にして言いたい私だった。

『とりあえず帰ろうか？』

シルフィが呆れたように両手を上げる。

「だね……」

なんだか精霊王様に振り回されちゃってどっと疲れが。

お屋敷に帰ってゆっくりしようっと。

◆

屋敷に戻ると。

痩せた姿を見たリリがビックリして、固まって動かない。

リリがやっと落ち着いたところで、私が太っていたのは魔力のせいだと説明する。今は一時的に魔力が放出され痩せたんだと。

すると納得した様子のリリの瞳が輝く。

「んまぁっ！　少々お待ち下さいませっ！　今の姿にあったサイズにドレスをお直ししますわっ」

頬を少し赤らめウットリとしながら、リリはチャチャッとドレスを直してくれた。

「ふう……これで完璧です」

リリが満足げな表情をして後ろに下がる。

ほんの数秒で私の体にあったサイズにドレスを直してくれた。さすが、できる侍女《じじょ》。

「リリは天才ね」

そんな時だった。コンコンッっと急にドアをノックされ、リリが急いで扉を開けると。

「ソフィア？　突然ゴメンね？　大事な話があるんだ」

そう言ってお父様と一緒にアイザック様が部屋に入って来た。

「大事な話ですか？」

しかし、入って直ぐに私の姿を見て二人は固まってしまった。

二人とも大事な話って!?　何？

◆

「リリ、お茶を淹れてくれるかい？」

「はい！」

お父様がリリにお茶を用意させる。なるほど、話が長くなるって事ね。

痩せた姿に驚いて固まっていた二人だが……

精霊王様の話は省き、魔力のせいで太っていたが、今はたまたま魔力が放出されたので痩せたと説明したところ、やっと落ち着いてくれた。

なんだけれど。

お父様の様子がおかしい。眉間に少しシワを寄せ、右眉はピクピクと動いている。

こんな難しげな表情をしたお父様は久しぶりに見たというか、巻き戻ってからは一度もない。

「あの……お父様？　大事なお話があるんですよね？」

「んっ？　ああそうだね。何から話そうかな……すうっ」

お父様は深く深呼吸し、リリが用意したデトックスティーを口に含んで飲む。

少し落ち着いたのか話し出した。

「実はね？　一週間前に四大公爵家全てが王宮に集まり会議をしたんだ。議題は隣国アヤッスィールについて」

「アヤッスィール王国は、教会の孤児達を奴隷《どれい》として送り込んでいた国ですよね？」

「ああ、そうだ。さすがソフィアだね。ウメカ・ツゥオ司祭は取り逃がしたけれど、奴隷《どれい》商や司祭と繋がりがあった者達は全て捕まえる事が出来たんだ。なんと裏で手を引いていたのはアヤッスィール王国の貴族だったんだよ。国王は今回の件を重く考えていらしてね。アヤッスィール王国の貴族に対しての処罰を、アヤッスィール国王に確約させたんだ」

よかった。隣国の国王は関与していなくて……悪しき国だったらどうしようと思ってしまった。

「それでは、奴隷《どれい》として売られていた子供達は……」

「全ての孤児奴隷《どれい》達を捜し終えるまで、捜索《そうさく》はやめないと国王は約束してくれた」

「まぁ！　では万事解決ではないですか。なんの問題があるのです？」

「問題はここから、アヤッスィール国王が第三王子を我が国に寄越して来たんだ」

「えっ……それって？」

第三王子？　巻き戻る前はなかった話だわ。

なんの為に第三王子を？

「我が帝国に比べたら小さな国だからね、アヤッスィール王国は。同盟の意味も兼ねての王子の来訪なのだよ」

むう？　同盟の意味が王子って？

私には意味が分からない……王子様がこの国に来たところで、なんで同盟になるの？

私がう〜ん？　っと不思議な顔をしていると、それを見たお父様は少し困った顔で、話の核心に触れる。

「ゴホンッ！　つまりね、第三王子をソフィアの婚約者として寄越したんだよ！」

「はっ⁉」

今、なんて言いました？

「まぁ……ソフィアというか、四大公爵家の誰かだが、一番都合がいいのは息子がいない我が家だろう。かの国はソフィアの夫にするつもりで差し出して来たんだよ。まぁ、アヤッスィール王は一言もその目的を話してないがね。ただ、『第三王子を留学させて下さい。実質は人質と思って頂いて結構。我が国が帝国を裏切らない証として』だと。そう言われたら断れない」

ふむふむ……って、なんですってぇ⁉

「でもっ、私、知らない人と婚約なんてっ」

「だから……アイザック皇子と（仮）婚約するのはどうかという策が出たんだ。ソフィアも第三王子と婚約するのは本意ではないだろうし、我が国としてもアヤッスィール王国とそのように関係を深めるつもりはないからね。ソフィアに婚約者がいれば、向こうもソフィアと婚約したいなどと言えないからね。もちろん（仮）な訳で本当の婚約じゃないから安心して」

「でも、アイザック様に迷惑じゃ……」

「大丈夫、アイザック殿下にも（仮）の婚約は了承を得ているよ。……（仮）ですしね。ねぇ、アイザック殿下」

お父様は（仮）をやたらと強調しながらアイザック様をチラリと見る。

するとアイザック様もニコリと笑い、頷いている。

これは無理やりではないって事だよね？

本当の婚約者ではないから、変なフラグは立たないよね？

よかった！

「了解です。私は帝国の皇子様の婚約者な訳で、それを差し置いて小国の王子が婚約をねじ込むなんて無理ですよね。凄いわっ、お父様天才ですわっ！　アイザック様、嫌だと思いますが、ご協力感謝いたします。（仮）の婚約者をヨロシクお願いします」

私はにっこりと満面の笑みを浮かべながら、アイザック様の手を握った。

「はわっ……!?　ゴニョ。無理無理無理っ、至近距離の笑顔からの手をギュッ？　まだ痩せたソフィアに対して免疫がないんだよ、こんなの心臓が耐えられない……！　ソフィアは僕をどーする気なの!?」

アイザック様が顔を真っ赤にして両手で口を覆い、何かをブツブツ言っている。何を言ってるかまでは聞き取れないのだけれど。

この顔の赤さはもしかして、アイザック様は体調が悪いのに無理してるんじゃ……

「アイザック様、体調がすぐれませんか？」

「ふぇ!?　げげげっ、元気だよ？　どうして？」

「いやっ……そのう。お顔がすごく赤いので、熱があるのかと」

「ああっ!?　これ？　すごく暑くってね。気にしないで」

「そうですか？」

そんなやり取りをしていた時だった。

静かに部屋の扉が空いたかと思うと、筆頭執事のセバスがそっと入って来た。

そしてお父様に何やら耳打ちをしている。

お父様の顔がグシャリと歪み、また眉間に大きなシワが三本刻まれた。

「あっ、あの……？　お父様？」

一体何があったの!?　あのお父様の表情は普通じゃない。セバスは何を報告したのだろうか？

得体の知れない何かに少し不安になる。

困惑していると、お父様が口を開く。

「フィアたん？　落ち着いて聞いてね？　アヤッスィール王国の第三王子、リンク・アヤッスィール様がこの屋敷にお見えになった。今、サロンにお通ししたとセバスが言っている」

「えっ！　そんなっ、急に？」

「ああ、大丈夫だよ。挨拶に来たんだろう。ついでに婚約の話でも出来たらいいな？　くらいの考えだろうね。だが丁度アイザック様もおられるからね。ふふっ」

お父様が何やら悪い顔で笑った。巻き戻る前はよくこの顔してたけど……

巻き戻ってからは初めて見た気がしたな。

◇

グレイドル邸のサロンにて、一人の男がプルプルと小刻みに震えながらソファーに座っていた。

その男の名はリンク・アヤッスィール。齢《よわい》十二歳。アヤッスィール王国の第三王子である。

彼は、自らが通された部屋を眺め、考えにふけっていた。

これが公爵邸だと⁉　ふざけてるのか？

我が国の公爵達が住む屋敷の十倍以上ある広さだ。

っていうか俺が住んでいる王宮よりもはるかに広い。まず門から馬車で入り、本邸に着くまでに十五分……なんで庭がこんなに広いんだよっ！

そして本邸に到着するも、屋敷は迷路のような広さだ！　もう帰り道なんて分からないぞ。

それ程に裕福なのか⁉　グレイドル公爵家は？

父上からは、グレイドル公爵家に取り入り、一人娘のソフィア嬢を惚れさせて婚約者になれ！と言われている。それしか、我が国が生き残る術はないのだと。

その時はなんで俺が⁉　貧乏クジ引いたなと思ったが、これ程裕福なら結婚してやってもいいかもしれない。

ただなぁ……一人娘のソフィア嬢がなぁ。

王太子の誕生祭に、父上と一緒に帝国に祝いに行った兄貴達が、パーティー会場でソフィア嬢を見て驚いたと言っていた。

「プハッ、ありゃないぜ？　豚だ、それも巨大豚っ！　パーティーで飯ばっか食べ漁って、すぐに癇癪《かんしゃく》起こしてブヒブヒ怒ってな？　周りの子息や令嬢達を困らせてたぜ。アレはないわぁ」

「ククッ。まぁ頑張って巨豚を口説いてくるんだな。応援してるぜ」

クソッ、自分達が帝国に行かないからって、俺の事を馬鹿にしやがって。

兄達が見たのが五年前……きっと今は更にデカく肥太り、凄い事になっているのだろう。

まぁ……でもだ。建前だけ結婚して、後は好きな女を選んで愛妾《めかけ》にすればいいだけだしな。

どうせ誰にも相手にされない女だろ？

甘い言葉を囁いてやりゃ俺に惚れさせるなんて朝飯前だぜ。なんたって俺は王子様というスペックにこの見た目だからな。そんなモテる俺が相手してやるんだ。有り難く思えよな。

デブの相手なんて本当はしたくないけどな。こんなに裕福なら話が違うってもんよ。

王国に残るよりもいい生活ができるかもしれない。

この事を兄上達が知ったら悔しがるだろうな。

「クククッ」

ついニヤけてほくそ笑んでしまう。

「リンク様、笑い方がはしたのうございます」

「うるさいなっ」

執事のディーンはいちいち細かく五月蝿《うるさ》い。どうせなら違う執事がよかったのに、ディーンが「私がついて行きます」と父上に言い張り、一緒に来てしまった。はぁ……

どうせついてくるなら、こんなお小言を言う五月蝿《うるさ》い執事より、何も言わない大人しいやつがよかったのに。

「五月蝿《うるさ》いな、ではありませんよ？　第一このような勝手な訪問は、グレイドル公爵様に失礼です！　公爵様がこられたら、まずはこの失礼な訪問について謝罪するのですよ？」

はい、始まった細かいお小言。そんな細かい事を気にしなくていいだろ？

「はぁ？　なんで王子の俺が、他国の格下の公爵に謝るんだよ？　王子が直々に来てやったんだ。何が失礼なんだよ？　有り難く思えって話だ」

「はぁ……何も分かっておられない」

ディーンは額に手をやり、諦めたような顔をして大きく溜め息をついた。

なんだよ？　何がダメなんだよ。分かってないのはお前のほうだろ？

そんな中、コンコンッと扉がノックされた。

「失礼いたします」

身なりのいい執事の男が扉を開け、その後ろから壮年の美丈夫、またその後ろから天使のような姿をした美少女と少年がサロンに入って来た。

「はっ？」

なんだ!?　このキラキラした集団は……

眩しくてまともに見られないんだが。

◇

お父様の後に続き、サロンに入ると男の子が座っていた。

……口をあんぐり開けて余りにも間抜けな顔をして。

なんであんな顔をしてるの？　王子様なんだよね？

セバスに誘導され、対面のソファーに座る。

何故か私の右にお父様、左にアイザック様と両側に挟まれる形で座る事に。

五人はゆったりと座れるソファーなのに、二人はピッタリと私にくっ付いて座っているので、ちょっと狭いくらいだ。

もう少し離れて欲しいけど、何故か言えるような雰囲気でもないのでここは我慢する事にした。

口をあんぐり開けたまま固まっている男の子に、隣にいた執事の男性が肩を叩き耳打ちしている。

やっとまともな顔をした男の子は徐《おもむろ》に立ち上がると、急に自己紹介を始めた。

「ゴホンッ！　俺はアヤッスィール王国第三王子リンク・アヤッスィールだ。まぁ、わざわざ俺がこのような場所に出向いてやったんだ。喜ぶといい」

右を見ると、ピキッと音がしそうな程、お父様の顔が笑ってるけど笑ってない。お父様怖いです。

左を見ると、アイザック様も氷のような目で口元だけ笑っている。

その様子に気付いた、男の子に付き添っている執事が話を止めようとするも、全く空気を読まないのか話を続ける。

「グレイドル公爵家は一人娘と聞いていたんだが、もう一人娘がいたんだね。こんなにも美しい天使のような子が！　ぜひ名前を教えてもらいたい」

その発言を聞いたお父様に加え、アイザック様からも恐ろしい殺気が……

そんな二人にギュウギュウに挟まれた私はもう泣きそうだ。

「ええと？　リンス様？」

絶対分かってるのにワザと間違えたお父様。なんでこんなに怒ってるの？

「なっ!?　リンクだっ」

お父様の煽《あお》りに対して、顔を真っ赤にして怒るリンク様。

「ああ……リンク様でしたか、よく聞き取れなかったもので。私の可愛い娘はこの横にいる天使、ソフィアだけですよ？　いったい何を言っているのやら」

お父様は少し呆れた顔をするも、笑顔を絶やさず返事をした。

「はっ……なっ!?　目の前にいる天使がソフィア嬢!?　うそだろっ？　兄上達は俺の事を騙したのか!?　こんな美少女の婚約者になる俺が羨ましくて……嘘を教えた!?」

急に訳のわからない事を口走るリンク様。

「おやおや？　私の可愛い娘を名前で呼ぶ事など、まだ許してないはずですが？　まぁ、天使には違いないですがね」

「なっ……王子の俺が呼ぶんだ！　好きに呼んでいいだろうっ」

「そういう訳には行きません。お勉強で習いませんでしたか？」

お父様が呆れた様にため息を吐くと、次の瞬間。物凄い顔でリンク王子を睨んだ。

その威圧感にリンク王子は顔を青ざめ、直ぐに訂正した。

「ぐっ！　そそっ……そうだったなっ、すまない」

「ソフィア？　一応挨拶しときなさい」

お父様に促され慌てて挨拶するのだけれど、一応って失礼では……

「はっ、はい。ソフィア・グレイドルです」

笑った方がいいよね？　そう考えた私はリンク様に向けて今日一番の笑顔を見せた。

「あっ……なっ……！」

するとリンク様は顔を真っ赤にして、また口をアングリ開けて固まってしまった。

それを見たアイザック様が、ニコリと私に向かって笑い。

「そんなサービスはしなくていいんじゃないかな？」

と言ってきた。

別にサービスした訳ではなかったんだけれど……そうか、笑顔は要らなかったのね。

続いてアイザック様が自己紹介を始めた。

「リストリア帝国第三皇子。アイザック・リストリアだ。僕は横にいるソフィアの婚約者でもある」

そう言ってアイザック様は私の手をギュッと握りしめた。

急な不意打ちの接触に、ドキッとしてしまい頬を赤らめてしまう。

そんな私たちを見たリンク様が真っ赤な顔をし、ワナワナと震え出した。

「なっ……婚約者がいるなんて聞いてないぞっ！」

「聞いてない？　ああ？　そうだね。最近決まった婚約だからね。何か問題でも？」

アイザック様が、まるで極寒の地から飛んできた氷の矢のような鋭い視線をリンク様に飛ばす。

「いいっ、いやっ……こんなに早く婚約者を決めなくてもいいんじゃないかと思って……」

「へぇ？　君は僕がソフィアの婚約者に相応しくないと言いたい訳？」

アイザックは普通にニコリと話しているようで、目が全く笑っていない。

なんなら冷気が漂う程に冷たく、塵でも見るようにリンクを見ている。

「相応しくないって言うか……少し早いって思って。他にも相応しい者がいるかもしれないしな。ソフィア嬢はこんなにも綺麗な訳だし」

再び顔を赤らめて、私を見つめるリンク様。なんだか背筋がゾッとする。

「はぁ……君は自分の立場が分かってないようだ。たかが小国の第三王子の、それが帝国の皇子に対する態度かな？」

アイザック様は呆れた様に溜息を吐き、恐ろしく冷たい目でリンク王子を睨んだ。

「あわっ！　もっ、申し訳ございませんっ」

アイザック様のその一言に、リンク王子の後ろに立っていた男性が慌てて前に出て平伏した。

「なっ!?　ディーン。何してるんだよっ」

「リンク様！　ご自分がどれほどの無礼を働いたか分からないのですか!?　帝国の皇子と小国の王子が、対等であるはずがないでしょう！　今すぐ謝ってください」

男性はリンクの頭を掴み同じように平伏させた。

「ちょっ、何すんだ！　ディーン！」

「五月蝿《うるさ》いですよ、リンク様？　ご自分の首が繋がったままこのお屋敷を出たいなら、大人しくして下さい」

その言葉の意味をやっと理解したのか、騒いでいたリンク王子は静かに口を閉じ黙り込んだ。

「ははっ。これくらいで首が飛ぶなんて……そこまで僕は心が狭い男じゃないよ。有能な執事に感謝するんだね。さぁ、楽に座ってくれ」

アイザック様にそう言われ、二人は恐る恐る元の位置に戻った。

「次はないけどね？」

アイザック様は口元だけ笑いながら、追い打ちをかけるようにそう言った。その言葉にまた二人は青ざめ固まってしまった。

それを見ていた私は、今更ながらアイザック様って凄い立場の人なんだ……と思うのだった。

自分も不敬を働いて、首が飛ぶような事は絶対にしないと心に誓って。

落ち着きソファー座ると、お父様による尋問が始まった。

「で？　いきなり我が屋敷を訪れた理由はなんだい？　四大公爵家との顔合わせは三日後だったと思うが？」

お父様に真面目な顔で質問され、戸惑うリンク王子。

「そっそれは……モゴっ。ソフィア嬢を惚れさせて、有利に進めさせるためなんて恐ろしくて言えないし、困ったな……」

リンク様は下を向き言葉に詰まる。何やらブツブツと独り言を言っているが、口元を手で押さえているため、何を言っているのかは聞き取れない。

ふうむ？　コレはもしかして、行き当たりばったりでグレイドル邸に来ちゃったってヤツね。

興味があるってだけで、何も考えずにしちゃう子供特有の行動。

十二歳の子供って感じだわ。そう考えるとアイザック様は十歳なのにしっかりしてるなぁ。

なんて考えていたら。

「失礼ながら、発言してもよろしいでしょうか？」

リンク様の後ろに控えていた執事——ディーンが、深々とお辞儀をし少し前に出た。

「いいよ。話したまえ」

「はっ！　ありがとうございます。リンク様はグレイドル侯爵領に興味がありまして、ここは大変賑わっており、人気の街だと我が国でも有名です。その素晴らしい領地経営について、ぜひグレイドル公爵様から直接お話を聞きたいと、参った所存です」

執事さんの話を聞き、リンク王子はポカーンって顔をしている。

絶対違うよね？　そんな事、微塵《みじん》も思ってないよね？

だって……執事さんの話した内容が、全く分からないって顔に書いてあるけども。

「——そそっ、そうなんだ！　りょーちけーえーについて勉強したくて！」

意味分かってないのに乗っかっちゃったー！　領地経営って言えてないですよ？

なのに……そのしてやったり顔はなんですか。そんなドヤった顔で私を見ないでっ！

あっ……ダメッ、この空気で笑ったら……！　笑っちゃ……！

「ブフォッ」

我慢できなかった。

「フィッ？　フィアたん？」

「ソフィア？」

ああっ、やっちゃった。我慢し過ぎて、鼻で変な笑い方しちゃった。

淑女《しゅくじょ》としてこの笑い方はないんじゃないかな。

両隣にいるお父様とアイザック様をチラッと確認すると、私の方を見て見ぬ振りをして必死に笑いを堪えてる！

どうやら二人も、リンク王子のしたり顔に笑いが込み上げてきているみたい。

「んっんんっ！　そうか、そんなに領地経営に興味があるんだね。後でじっくりと教えてあげるね」

お父様はどうにか気持ちを持ち直し、キリッとした顔をして再び話を進める。

アイザック様はまだ前が見られないのか、後ろを向いたままだ。

肩が小刻みにプルプルと震えている。

うん。笑いが止まらないんだね？　その気持ち、わかりますよ。

そのアイザック様の姿を見て、勘違いをする男が一人。

「ふっ」

さっきまで下を向き、青ざめていたリンク王子は何処へやら？

ニマニマと嫌らしい笑みを浮かべてコチラを見ている。アイザック様の姿を見て、どうだい？

俺の賢さにビビってるんだろ？　とでも言いたげな顔だ。

それを見たアイザック様は、何か気に食わなかったのか、突然私の事を……

「フィア、今日も美味しいクッキーを作ってきたんだ。食べる？」

などと、今まで呼んだ事もない愛称《あいしょう》で呼ぶ。

「はっ！　なっ、なに、そんなに馴れ馴れしく呼んでいるんだ？」

それを見て動揺するリンク様。

そんな姿を嘲笑うかのように無視し、二人の世界を作ろうとするアイザック様。

「ふっ……僕達は婚約者だからね。いつもの事さっ。ね？　フィア」

これは……のっかた方がいいのよね？　少しだけ恥ずかしいけれど。

「はっはい……アイ」

「んん？」

私がアイザック様と呼ぼうとしたら、口をパクパクしてザックと呼べと合図してくる。

「……ザック様」

「ふふっ。さぁフィア、僕が作ったクッキーを食べて」

そんな私たちを見たリンク様が「男がクッキー作るとか女みたいな奴だな」とアイザックを少しバカにしたように言うが、当の本人は全く気にしてないみたいで……

「はいっ、アーン」

私の口にクッキーを入れる。

「おいしっ！　美味しいですわ！」

私はアイザック様からアーンされたクッキーを美味しそうに頬張る。

この気持ちは本当！　アイザック様の料理の腕はかなり上達し、プロ顔負けだ。

「「なっ！」」

「何やってんだ！」

「ええと……婚約者とはいえ、アーンはまだ早いんじゃないかな？」

それを見たリンク王子とお父様が異常に反応する。

「このクッキーは私が預かっておこう」

お父様はアイザック様からクッキーを奪ってしまった。まだ一枚しか食べてないのに……

「はぅっ、クッキー……」

ついクッキーを見てしまう。

「あっ、フィアたん！　ゴメンね。はいアーン」

お父様はアイザック様から取り上げたクッキーをすかさず私の口に放りこんだ。

「美味しい」

口の中が幸せでついつい笑ってしまう。

「「「はわっ」」」

なぜかお父様達三人は口を押さえて黙り込んでしまった。

どうしたのかしら？　もしかしてみんなも食べたいのを我慢してるのかな？

少しの沈黙の後。

「ちょっ！　グレイドル公爵。それは僕のクッキーですよ？」

「なっ？　何の事かなぁ？　さぁて、執務室に仕事に行こうっと。リンク王子、領地経営の勉強といこうではないか！」

「へっ？　勉強？　あのっ……俺っ」

いきなりお父様に付いて来いと言われ、目をまん丸にして驚くリンク王子。どう見ても付いて行きたくなさそうに見える。

だがお父様が許すはずもなく。

「グダグダ言わんとついて来い！」

「ちょーっ！」

リンク王子はお父様に無理やり連れて行かれた。

この二時間後げっそりとしたリンク王子が、フラフラしながら馬車に乗せられ帰って行った。

◆

アヤッスィール王国第三王子リンク様の、突然のグレイドル邸訪問から一週間が経過した。

その三日後にあった四大公爵家での会合は、グレイドル公爵家は欠席した。

お父様曰く「三日前に会ったばかりなのに、またワザワザ会う必要もないよね」らしい。

この会合で、マッスール公爵家がリンク王子の預かり先に決まった。

何故かリンク王子は、預かり先はグレイドル公爵家がいいとゴネるも、その場にいた全員からバッシングを浴び却下され、最終的にジャンケンで預かり先が決まったそうだ。

ジャンケンって……重大な事のように思うんだけど、そんな決め方でいいの？

会合に行ってない私がなんで詳しい内容を知ってるかって？

それは……今私の横で一緒に体幹《たいかん》トレーニングしているアレス様が、ブーブー文句を言いながら教えてくれたからだ。

どうもリンク王子は、自分がアレス様より年上だからと、偉そうにして鼻持ちならないらしい。

年上ったって、リンク様が十二歳でアレス様は私より一つ上だから十一歳……一つしか変わらないじゃん。

……なんだろう。

なんていうか……リンク王子ってほんっと器の小さい男だな。

「おっおい……ソフィア…… いつまでこの体勢でいる気だ！」

「あっ！　終わりっ」

色々考え事をしてたら、【舟のポーズ】で固まっちゃってた。ゴメンね、アレス様。

「ふはぁっ！　相変わらずソフィアのたいかんトレーニングは厳しいぜっ」

「ふふっ、でもこれは大事なんですよ？」

「ああっ、それは分かる！　最近剣技のトレーニングでは、真芯で相手の剣を受ける事が出来るから、すぐに攻撃に回れるんだよ。この前なんて初めてお兄様に勝ったんだ！　これもソフィアのおかけだよ。ありがとう」

興奮気味にニカッと白い歯を見せ笑い、アレス様が話してくれる。

体感トレーニングのおかげで、剣技が上達したと言ってくれるのは本当に嬉しい。

「ふふっ、よかった」

嬉しくて自然と笑みがこぼれる。

「あわっ！」

何故かアレス様は耳まで真っ赤にして、横を向いてしまった。

「ソフィア様、デトックスティーをお持ちしました」

リリが丁度いいタイミングで、ガゼボにデトックスティーや茶菓子を並べていく。

「わぁ！　ありがとう」

「アレス様、ガゼボにてティータイムにしましょう」

「あっ、ああ。そうだな」

まだ顔が少し赤いアレス様はフラフラとガゼボに歩いて行った。

大丈夫かな？　【舟のポーズ】やり過ぎた？

今日のトレーニング場所は森の入り口。何故だか私はこの場所が一番好きなのだ。

空気が美味しいというか、自分でもよく分からないけど、体幹《たいかん》トレーニングはこの場所でするのが最高に気持ちいい。

アレス様は分かってるのか悩みもせず、毎回この場所にやって来る。

「はぁ〜。トレーニング後のデトックスティーは最高に美味しいなっ」

アレス様が美味しそうにデトックスティーを飲んでくれると、作った私も嬉しくってニマニマしてしまう。

今日のお茶菓子はおからとサツマイモで作った蒸しパン。

しっとりふわふわで、サツマイモがほんのり甘く美味しいの。

この蒸しパンは最近一番のお気に入り。

「おおっ！　このケーキはサッパリしてて美味いな。俺は甘すぎるケーキは苦手なんだけど、これなら何個でも食べられる」

「本当ですか？　嬉しい。この蒸しパンは私が作ったんですよ」

嬉しくってアレス様に蕩ける笑顔で話しかける。

「あっ……そっ、そうかっ。ソフィア嬢の手作りかっ……」

アレス様は蒸しパンを持ったまま再び固まってしまった。

『ソフィア。オイラにも頂戴♪』

『私もー！』

シルフィとウンディーネが何処からともなく現れて、蒸しパンを取り美味しそうに食べている。

あれっ？　もう一匹……白いふわふわした子犬？　が知らない間にテーブル下にいる。

「ええっ？　いつのまに⁉」

思わずビックリして声を上げてしまった。

「なんだソフィア嬢？」

「テッ、テーブルの下に……白い子犬？　がいて」

私がそう言うと、アレス様がテーブルの下を覗きこむ。

「わっ！　本当だな、いつのまに？」

私はテーブルの下にいる小犬を捕まえ抱き上げた。抱き心地がふわふわで堪らない。

「はうっ」

思わず変な声が漏れてしまう。

子犬のふわふわの毛並みが余りにも気持ちよくて、私はその毛並みを、もっと堪能するために顔をソッと毛並みに埋める。

「はぁ……癒される」

『ふふっ、そうじゃろう。ちゃんと【ふわふわで可愛い】を我は選んだであろ？』

「んっ？　今、精霊王様の声がしたような……」

『ような？　ではない！　ソフィアが抱いておる可愛い神獣が我だっ！』

「ええっ!?　この子《こ》犬が精霊王様!?」

ビックリして可愛い白い小犬を落としそうになる。

この可愛い小犬が精霊王様？　それにさっき神獣とか言ってなかった？

なんだか嫌な予感しかしないんだけれど。

聞きたい事は沢山あるけれど、まずはなんでこんな姿になったのかだよね。

「どうやってこんなに可愛い姿を手に入れたの!?」

この姿は前世で飼ってみたくて憧れていた犬種、ポメラニアンにソックリ。

私にはそれ以外に見えない。

私は精霊王様だというポメを、自分の目線まで持ち上げ、じっくりとその姿を見つめる。

『ふふん？　気になるであろう。我程になるとじゃな。簡単に見つけちゃうのじゃ』

精霊王様は自信満々にスゴイだろと語る。その様子にツッコミたい気持ちを我慢し、私は質問を続けた。

「何処にいたの？　この可愛い子は？」

『この体の本体か？　実は可愛いモフモフはなにかを聞こうと思っての、知り合いの神獣のところに聞きに行ったんじゃよ。そしたら神獣のヤツ、自分が一番モフモフで可愛いとか言うからの？その姿を寄越せと言うたんじゃが……断られて』

神獣の体を寄越せ？　そりゃ断られるでしょーよ。

思わず突っ込みそうになってしまう。

『それならばと神獣がの？　もうすぐ産まれてくる子供の中に、一匹だけ魔力が殆どない子がおる。このまま生まれたらすぐに死ぬかもしれんから、子供の体に入ってくれと頼んできたんじゃ。この体の魂も死んではおらん。今は魔力の充電中じゃ。我が百年程体に入っておれば、魔力も満ちるじゃろうて』

なるほど……中の命を生かすために。

ちょっとバカにしてすみません。

「なるほど。って事はウィンウィンの関係ね。精霊王様ってば流石です。いい子を見つけましたね」

『ういんういん？　よく分からんが、それじゃ。そんな褒めんでも分かっておる』

そうは言いつつも、精霊王様はもっと褒めてもいいんじゃよと言わんばかりに尻尾を高速回転で回す。その姿があまりにも可愛くて、中身が精霊王様だというのに、私は貪るように精霊王様のモフを撫でる。

「かわいいですぅ」

『こっこりゃ⁉　くすぐったいであろ⁉　ちょっ……やめっ』

そんな私と精霊王様のやり取りを、静かに見ていたアレス様が口を挟む。

「なぁ……ソフィア？　お前もしかして、この犬が何を喋ってるか分かるのか？　お前は動物と話が出来るのか？」

「えっ……？」

動物とお話し？

いやいやそれ！　前世で言うムツゴ○ウさん！　それも憧れるけど。

私の場合は……

「動物じゃなくて……」

「なくて？」

アレス様と無言で見つめ合う。私は大きく一呼吸した後、話を続ける。

「そのう……妖精と話が出来るの」

「えーっ⁉　ソフィア嬢！　本当かよっ！　すげえなっ、妖精と話が出来るとかっ。俺は見る事すらねーよ！　わっははははっ」

ガハハッとアレス様が脳天気に笑う。

バレると悪用されるってアイザック様から心配されてたけど、アレス様ならいいよね。

「ねぇ、フィア？　妖精の事をなんで脳筋《のうきん》馬鹿アレスに話すのさ？　僕と二人だけの秘密でしょ？」

「アッ、アイザック様」

そんなことを考えていたら、いつの間にかアイザック様がガゼボの前に立っていた。

口元は笑ってるけれど、目が何だか怖い。

「なっ⁉　アイザック。なんでお前、ソフィア穣のことを愛称《あいしょう》で呼んでんだよ！　それにバカとはなんだ」

アレス様は馬鹿と言われて、頭から湯気《ゆげ》が出そうな程に赤い顔して怒ってる。

「だって僕はフィアの婚約者だから」

「そっ……そんなの（仮）だろ」

「なっ！（仮）は余計だっ」

アレス様とアイザック様が顔を見合わせて言い合う。

二人の喧嘩がエスカレートしそうなので止めに入った。

「もう。二人とも少し黙って下さいね」

二人の間に割って入り、口に蒸しパンを無理矢理押しこんだ。

「「あぐっ⁉」」

「いいですか？　ここでの喧嘩は許しませんよっ？　次したら、遊びに来るの禁止にします」

「「もごっ！」」

二人は蒸しパンを咥えたまま頭を上下に振った。

◆

「ゴクッゴクッ、ぷはぁーーッ！　あーっ生き返った。蒸しパンが喉に詰まって、窒息するかと思ったよ」

アレス様はデトックスジュースを一気に飲み干した。

「本当だよ。ソフィアは無茶をする」

「誰が悪いんですか？」

私はチロリと二人を睨む。

「僕」

「俺っ」

「分かればよろしい」

「それじゃ、ソフィアの膝の上に座ってる子について説明してくれる？」

アイザック様が冷静に精霊王様を見る。

「……はい」

どうしよう困った。中身が精霊王様の神獣とか、ややこしさ極まりないし、何故こうなったか経緯も話さないといけないし……色々と面倒だよね。

……よし、端折りますか。

「この子は神獣で、偶然ここに遊びに来たの」

「「神獣だって!?」」

「そうなの。この子、甘いオヤツが好きで、ココで一緒に住むって言ってるの」

「神獣が？　妖精だけでなくフィアは規格外すぎる。まさか……契約はしてないよね」

アイザック様が、少し眉を顰め私と精霊王様を交互に見る。

「あっ、契約はしてないよ」

『むう？　さっきお主が我の腹に顔を埋めた時に契約したぞ？』

それを聞いた精霊王様がとんでもない爆弾を落とす。

契約したって言った!?

「ちょっ！　何勝手な事してるの？　契約したら暖かくなるよね？　ならなかったよ？」

『それは知らん。じゃが契約は終わったのじゃ。それにしてもソフィアの魔力は美味いの。さっきからタップリと堪能させてもらったのじゃ。満腹じゃ』

そう言って大きな欠伸をする。

『ふぁ……ちょっと眠いのじゃ』

精霊王様はガゼボのソファーの上に座ると、腹を見せて寝た。

馬鹿精霊王様めぇ……気持ちよさそうに寝て。

むう……腹がたつも、その愛くるしい姿のせいか……許せてしまうのがずるい。

「ここにいたのか！」

「遊びに来たよ」

「ファーブル様！　ジーニアス様！」

二人が並んでガゼボに向かって歩いて来ている。

今日に限って全員集合するなんて……この先の事を考えるだけで頭が痛い。

ファーブル様と、ジーニアス様がガゼボに入ると、視線が精霊王様に集中する。

「ソフィア嬢。そのソファーを独占し、お腹見せて寝ている物体は何⁉」

ファーブル様は、不思議そうに精霊王《神獣》様を見ている。

ふと見るとファーブル様の肩には、蝶《ちょう》が止まっている。

「あの肩に乗せてるのって……」

「気付いた？　そうさ、この前紹介した爆弾蝶《ちょう》のルビーだよ。この子は珍しいんだ。触れても爆発しないんだ。それが分かってからは、外に普通に出してるんだけど。何故かいつも僕にくっついてくるのさ」

ふふっと頬を赤らめ、嬉しそうに爆弾蝶《ちょう》を見るファーブル様。よく見るとドライアドも頬を赤らめ、うっとりとファーブル様を見ている。

そりゃ爆発しないでしょうよ、その子は爆弾蝶《ちょう》のフリしてる樹《いつき》の妖精ドライアドだもんね。

『ドライアド、久しぶりだな！』

『まだその男のところにいたのね』

シルフィとウンディーネまでガゼボに飛んできて、クルクルとファーブル様の回りを飛びながら話しかける。

『私はルビーよ！　ドライアドじゃないわっ』

『はぁ？　何言ってんだか……』

シルフィとウンディーネは少し呆れた顔をして、どこかに飛んで行ってしまった。

ドライアドはファーブル様に夢中のようで、そんな二人の事は全く気にしていない。

ファーブル様にはドライアドが、蝶《ちょう》にしか見えてないのがちょっと残念だけど。樹《いつき》の妖精だとバラすと、ややこしくなってしまうので、今のところは爆弾蝶《ちょう》のままでいいのかな？

「へぇ……この犬っころみたいなのが神獣……」

ファーブル様は不思議そうに見ながら、指先でツンツンと軽く突く。

精霊王様というのを省き二人に神獣だと説明する。すると二人は、寝ている精霊王様をマジマジと興味津々って感じで見ている。

「僕はもっと高貴なイメージだったよ。コイツは神獣っぽくないね」

ジーニアス様が少し怪しんで精霊王様《神獣》を見ている。その気持ち分かります、これも精霊王様のせいよね。神獣のイメージが崩れたらどうする気です？

周りで軽い悪口を言われてるのに、気持ちよさそうにスヤスヤと寝て、全く起きない神獣……もとい精霊王様。

リリが全員のデトックスティーを持って来てくれたので、皆ソファに座った。

「四人がこうやって集まるのは久しぶりですね」

私がそう言うと「確かにね。別に集まらなくてもいいんだけど」と少し嫌そうに話すアイザック様。どうしたのかな？　今日は機嫌が少し悪い？

「心が狭い男はモテないよ？」

ジーニアス様は冗談混じりの嫌味を言う。

「なっ……別に僕はモテなくてもいいし……ゴニョ。ソフィアだけから好かれたら……」

「えっ？」

最後の方はなんて言ったのか聞き取れなかったけれど。でもそうか、アイザック様はモテなくてもいいんだ。さすが美形は考えも違う。

なるほどなと感心するように見ていたら、アイザック様は大きなため息をついた。

どうしたのかな？

「そーいや、ファーブルはもう直ぐ魔力測定の儀なんじゃ？」

ジーニアス様が気になったのか質問する。

「そうなんだ、僕とアレスはもう直ぐ十二歳になるからね。アレスは来月だっけ？」

「ああそうさ。それが終わると学園に入る準備の勉強が忙しくなるから、こうやってソフィア嬢のところにも中々遊びに来れなくなるなぁ」

「はぁ……そうなんだよな。俺もソフィア嬢と同い年だったらなぁ」

ファーブル様とアレス様はそう言うと大きなため息をついた。

そうか……私も好きに遊べるのは今のうちだけなんだ。

学園生活が始まれば、今のような自由はなくなるものね。

だって学園に入ったら五年間寮《りょう》に入らなくちゃいけないのよね、確か。そうなると自由に遊んだ

りは出来なくなるはず。

あれ？　でも屑ソフィアは、寮《りょう》に入らず家から通ってたっけ？

うーん、なにか理由があったのかな。まあ、いいや。

そういえば、アイザック様は学園に入学して、運命の婚約者を見つけたのよね。

そのことを知ったソフィアは、数々の悪事に手を染めていったんだった。

今回はアイザック様の邪魔をしないようにしなきゃ、巻き戻る前は数々の嫌がらせをしたソフィアだからね。せっかく仲良くなったんだから、今さらフラグを立てるなんて嫌だ！

私の魔力測定の儀までも後一年ちょっと……か。

このままみんな仲良く、何も問題なく過ごしていきたいな……

なんて考えてた時もあったな。……みんなで話をしていた日の事を、ふと思い出す。

気が付けば明日は魔法学園の入学式。

この一年は。入学のための準備で本当忙しかった。

私は【魔力測定の儀】であり得ない数値を叩き出し、神官様をビックリさせた。

魔力測定の儀では、大きな丸い玉に触れ魔力を計る。魔力を込めるとその玉が光る仕組みをしており、その光の色で魔力の強さが分かるのだ。

色は黒↓茶↓赤↓青↓黄↓金↓白と色が薄いほどに魔力が強いことになる。

ちなみに黄色や金色に光ると宮廷《きゅうてい》魔導士になれる実力。白色は何百年も現れてないらしい。

それが……私はというと。

「さぁ、ソフィア様。この玉に魔力を送って下さい」

「はいっ」

返事をし、差し出されたバレーボールほどの大きさの玉にそっと触れ、魔力を送った。

「眩しっ!?」

すると部屋全体を覆うほどの光が溢れ出す。その輝きが強すぎて、光が落ち着くまで誰も目を開ける事ができなかった。

「……やっと光が収まりましたか。私が神官になってから、このような事は初めてです」

神官さんはまだちゃんと開かない目を擦りながら輝く玉を見る。すると……

「おおっ、こっ、これは……ファ!? しししっ、白!?」

「凄い！　白の魔力を持った人が！　ああっ、なんて事だっ」

「生きているうちに白色を拝めるなんて……ありがたや」

神官さん達が、白色に光る玉を見て異常に興奮している。

これってやばい展開のような……

どうしていいのかわからず、玉に触れたまま神官さん達を見ていたら。

「あれっ？　白く光ったまま光が収まらない。ソフィア様！　玉から手をお離しください」

「えっ？　離す？」

手を離した瞬間。ピシッと嫌な音が聞こえたと思ったら、魔力測定の玉が粉々に砕けた。

「玉が砕けた！　こんな事、初めてだ！」

この後は大騒ぎ。「ソフィア様は大聖女様だ」とか「大賢者様の生まれ変わりだ」とか、神殿は蜂の巣をつついたようになった。

初めは「フィアたんは凄いね」とニコニコ微笑んでいたお父様も、一向に収束しない騒ぎを収めるためにてんやわんやとなっていた。

この騒ぎを収めるのは本当に大変だったと、後でお父様が教えてくれた。ゴメンね。

私だってこんな大騒動になるなんて……

後で精霊王様が「そりゃ当たり前じゃ。ソフィアの魔力は桁違《けた》いなのじゃから」とドヤりながら教えてくれた。分かってたなら教えてよ！

『ソフィア？　どうしたの？』

「んん？　ちょっと昔を思い出してたの」

『そっか』

リルが白いしっぽフリフリさせながら、私の膝の上にピョンとのる。

「ふふ。可愛い～！」

私はリルのふわふわ毛を堪能するように顔をお腹に埋めた。

この可愛い子——リルは精霊王様が入っていた神獣フェンリルだ。私の魔力を一年ほど食べていたら、全回復したのか、精霊王様を突然追い出したのだ。どうやら私の魔力は栄養満点らしい。

追い出された精霊王様は、今も可愛いもふもふを探しては、この体はどうじゃとやって来て、その都度私は却下ばかりしている。だって可愛くないんだもん。

精霊王様がいなくなってから、改めて神獣にリルと名前をつけた。

今までは精霊王様と思ってしまうからか、名前が浮かんでこなくて……名前を付けてなかったのだ。

コンコンと部屋の扉がノックされ、執事服に身を包んだ美しい青年が入ってきた。

「ソフィア様？　明日の用意は出来ましたか？」

「ラピス！　心配性ね。大丈夫よ」

ラピスはこの二年でグッと大人っぽくなった。

私より小さく骨張っていた体は、今は見上げて話す程に背が伸びた。じっと見つめられると偶にドキッとするほど、ラピスはカッコよく成長した。執事の仕事も完璧だ。

「早く寝ないと明日起きられませんよ？」

「分かってるー」

と言いながらも、リルと戯《たわむ》れ中々寝ようとしないでいると。

ラピスはやれやれと眉尻を下げた後。

「分かってないようですね？」

私を抱き上げベッドへ寝かせた。突然のお姫様抱っこには、ドキッとしてしまう。

「もう！　自分で歩けるのに」

「ふふっ、ではお休みなさい」

ラピスは軽くウインクをし、部屋を出ていった。どこでそんな仕草覚えたんだと言いたい。

はぁ……緊張するなぁ。明日の事を考え少し不安に思いながらも目を閉じた。

◆

「フィアたん、今日から魔法学園に入学だね。大丈夫かい？　緊張してないかい？　お父様も一緒について行こうか？」

「そうよ？　無理しなくていいのよ。ソフィアちゃんが辛ければ、学校なんていつでも休んでいいんですよ」

お父様とお母様が心配して、朝から私の部屋にやって来た。

ええと……今、準備の真っ最中ですよ？　お二人共邪魔してますよ？

そんな中リリが、チャチャッと学園の準備をしてくれた。

「わぁ。素敵」

制服を着ると、一気に学園に通うって気持ちになるね。

制服姿になった私を見たお父様の目が輝く。

「フィアたん。魔法学園の制服がとても似合ってるよ！　可愛すぎて倒れそうだ」

「お父様ったら大袈裟《おおげさ》ですよ」

相変わらず、お父様とお母様の私への溺愛は変わらない。それは嫌じゃないんだけど……ちょっと照れ臭い。

そんな中、部屋のドアがノックされ、ラピスが入って来た。

んん？　少し嫌そうな顔をしている……気のせい？

するとラピスの後に続き、アイザック様が入って来た。

「おはよう、フィア。一緒に入学式に行こうと思って迎えに来たよ」

「アッ、アイザック様！」

魔法学園の制服に身を包んだアイザック様。

いつもと違う、見慣れない制服姿になんだかドキドキする。

アイザック様はこの二年ですごく変わった。何が変わったたって？

まず私より低かった身長がかなり伸び、今は百七十センチを超えている。まだ十三歳なのに！

そう……前世の世界じゃ、十三歳なんて幼くって子供って感じだったのに、この世界の十三歳は違う！　比較するとかなりの成長差がある。

この世界の十三歳は、前世で言うところの高校生か大学生のような見た目と精神年齢をしているのだ。やっぱり背負うものが違うからなのかな。

とにかく、この二年でかなり心も体も大人っぽく成長したアイザック様に、私はちょっと緊張してしまう。昔はお姉さん目線で対応できたのに。

「制服姿のフィアも新鮮で可愛いね」

「はうっ……」

天使のような笑みでそんな事言われたら、なんて返事を返したらいいのか戸惑ってしまう。

昔は平気だったのに……くぅ。

「どうしたのソフィア？　さあ行こう。馬車を待たせてある」

「はっ、はい」

アイザック様は私を颯爽《さっそう》とエスコートし、部屋から馬車へと連れて行く。その姿を少し寂しそうにお父様とラピスが見ていた。

本当なら、ラピスが学園まで送ってくれる予定だったんだけどな。

アイザック様と二人で馬車に乗るのは久しぶりだから少し緊張する。

馬車に乗るとアイザック様が横に座ってきた。

「あっ、あのアイザック様？　近すぎないですか？　前の席も空いてますし……」

「んん？　なんで？　僕達は婚約者だからね。横に座るのが普通だと思うよ？」

「でっでも……私達は仮の……」

「何？」

アイザック様が人差し指で私の唇を押さえ微笑む。

急にそんな事されたら喋れないし、まともに顔さえ見れないよ。顔が赤くなっていくのが分かる。

「ソフィア？　もう仮なんて言わないよね？」

唇を指で押さえられて喋れないのに質問する？　恥ずかしくて前さえ見られないのに。

私がどうにか頭を上下に振って返事をすると、やっと指を唇から離してくれた。

昔ならお姉さんぶれたのに、今はもう立場が逆転してるような気さえする。

成長したアイザック様は、偶に距離感がおかしいのだ。

この馬車は、両側に六人ずつ合計十二人程度余裕で座れる広く大きな馬車なのに、アイザック様はピタッと私にくっついて座っている。

変な緊張感でくっついている右半身の感覚がもうない。

アイザック様は全く気にしてないみたいだけど……私は気にします！

さすがに子供サイズから大人サイズに成長されると、お姉さんの余裕だってとっくになくなるよね。

前世でだってまともに恋愛した事ないんだもん。

もちろん巻き戻る前のソフィアの時だって、誰も相手にしてくれなかったし！

男友達もいなかったし。だから男の子に対する免疫力なんて全くない。

それにアイザック様は何をするにも距離が、近い。子供の時は気にならなかったけれど、これってこの世界では普通なの？　友達同士のスキンシップなの？　なんてハイレベルなんだ。

くぅぅ……私にはドキドキして無理だっ。普通って難しい。

心の中で早く学園に着けとばかり考え、アイザック様の話が全く頭に入らなかった。

「もう着いたのか。ソフィアとの時間はあっという間だったね」

そう言って天使の笑みで笑うアイザック様。

いやいや？　私には何十時間にも感じましたよ？

アイザック様にエスコートされ、馬車から降りると周りには人だかりが出来ていた。

豪華な王家の馬車が学園に到着したので、一目でもアイザック様を見ようとした生徒達が、集まったみたいだ。

そのせいで目立ちたくないのに、私までとばっちりで注目されている。

アイザック様は全く気にしてないようだけど……

さすが普段から注目を浴び慣れている皇子様ね。こんなの日常よね。

しばらくすると人だかりをかき分け、一人の女性が飛び出して来た。

あっ、この子！　見覚えがある……！　ええと……何処で？

飛び出して来た女性は勢い余ってふらつき、アイザック様にしなだれかかるように抱きついた。

慌てて女性は体を離し、お詫びをする。

「すっ、すみませんっ、リストリア殿下。私はヒロウナ侯爵家が娘、アイリーン・ヒロウナでございます。大変なご無礼を申し訳ございません」

……え？　今、アイリーンって言った……？　アイリーン⁉

そうよっ！　アイリーンって、巻き戻る前のアイザック様の婚約者だ！

確か二人は学園で愛を深め、一年後に婚約するのよね。

それが気に食わないソフィアは、アイリーンに意地悪ばかりしたのよ。そして婚約が決まった年にアイリーンを殺そうとするのだ。まぁ、今世では、絶対にそんな事しないけど！

ってことは、これが二人の出会い⁉　とうとうアイザック様の婚約者が登場したのね！

断罪を免れるためにも、二人の愛を邪魔しないようにしなくちゃと、私は改めて心に誓う。

ただでさえ人だかりが出来て騒しいのに、美しいアイリーン様が登場したせいで、更に人が集まってくる。

正直こんな注目されるところにいたくない。私だけでもこの場を離れたい。

二人の邪魔もしたくないし……

どーやって離れようかと考えていたら。

「大丈夫、気にしてない」

アイザック様は、冷めた目でそう一言だけアイリーン様に答えた。

そして私の方を見て優しく微笑み、「さっ、フィア。行こう」と私の手を握り早速と歩いて行く。

「あっあの……アイザック様？　いいんですか？」

巻き戻る前は婚約者だったよね？　そんなアイリーンに出会ったのに何も思う事がないの？

別に私の事は放っておいてくれてもよいのだけれど……

ふと気になってアイリーン様の方を見ると、怖い顔でじっとこちらを見つめていた。

そういえばアイリーン様も……首斬断罪の時にアイザック様の横にいた。

その時私を見て笑っていたような……？

いやいやそんな訳ないか、私の思い違い……気のせいだよね。

「フィア？　何が問題なの？」

「なっ何って……そのう」

婚約者にしたいくらい好きなタイプなんじゃないですか？

なんて言えるわけないし……うーんと。

「とりあえず人が集まり過ぎだからね？　まずは落ち着いた場所に行こう……」

あっ……なるほど！　確かに目立ちすぎるのもね。

そうか……後でゆっくりアイリーン様と話をするつもりなのね。

「……はぁ。とにかくあの場を離れないと、なんだあの男達！　可愛いフィアをポーッと見つめて。その両目を潰してあげようか？　はぁ……目立つのは覚悟してたけど、あの女のせいで余計に人が集まったじゃないか、チッ」

「えっ？」

アイリーン様の事を考えていて、アイザック様が何を言ってるのか全く聞いてなかった。しまった。

「あっあのう……何か言いましたか？」

恐る恐る聞き返す。

「んん？　なんでもないよ。さっ、会場に行こう」

アイザック様はニコリと笑うと、エスコートしてくれる。

よかった。大した話じゃなかったみたいだ。

……それはいいんだけど、なんでこんなにも足早に歩いてるんだろう？

どんどん人気がない方に歩いて行ってる気がするし……これってちゃんと会場に向かってるの？

もしやアイザック様……道に迷っちゃった？

絶対そう！　道に迷ったんだわ。それで慌てて少し足速に歩いてるのね。

なんでと聞いたら困るかな？　ぷぷぷ……私はつい悪戯心でアイザック様に質問する。

「あのう……アイザック様？　そんな急いで……まだ式までには時間がありますよね？」

さぁ？　道に迷ったって言う？

「だって、こんなにも可愛いフィアを、あんな男共に見せるのは嫌だからね。人が多くいる場所を一刻も早く離れたくて、遠回りして会場に向かってるのさ」

「えっ！」

目をジッと見つめ、そんな事を言われた私は、何も言えず頬を赤らめ俯いてしまった。

だって……思ってた返事と全く違う答えが返ってきたんだもの……こんなの時どうしたらいいのか分からない。

その姿を見たアイザック様は、何故か手で口を押さえて天を仰ぐ。

「くっ……」

急にどうしたって言うの？　困ってるのは私なんですが……？

「……ほら見ろ、危なかった。この可愛い姿のフィアは、絶対誰にも見せないぞ。神獣と契約してからフィアは、思った以上に痩せて美しくなってしまったからね。これも神獣が馬鹿みたいにフィアの魔力を食べるせいだ。はぁ……可愛いくなるのはいいんだけど、僕は別に豚のように太ってようがフィアだったらいいんだ。他の男達がフィアを見ないなら……」

横から、早口でブツブツとアイザック様の声が聞こえるんだけれど。

小さな声の上、更に手で口を押さえているせいで、声が篭り何を言っているのかは、全く分からなかった。

◆

入学式がある会場に向けて、遠回りしながらアイザック様と人けのない廊下を歩いて行くと、前からファーブル様とアレス様が歩いてきた。

「よっ、ソフィア。こんなところで会うなんて運命感じるな？　魔法学園の制服、似合ってるよ」

「ありがとうございます」

アレス様は見上げる程に背が伸びた。元々高かった身長が、今や百八十五センチもあるらしい。

「また背が伸びたんじゃないか？　脳みその成長も身長にいってるんじゃ？」

「はぁ？　アイザックはチビだからな。俺様の高身長が羨ましいんだろ」

「そんな事ないさっ、これでもこの年齢じゃ高いほうだ！」

アレス様とアイザック様は、会うといつもこんな感じだけど仲が良い。

まるで大型犬が戯《たわむ》れあってるみたいだ。

「ふふっ」

私がいつもの二人のやりとりを微笑ましく見ていると、ファーブル様が心配そうに話し掛けてきた。

「ソフィア、大丈夫かい？　新入生代表の挨拶はソフィアがすると聞いたよ？」

「ゲフッ！」

そうだった！　忘れるところだった。この後私は、代表挨拶するんだった。

毎年この挨拶は、その年の魔力測定の儀で一番魔力が高かった者がする事になっているらしい。

巻き戻る前のソフィアはそんな事なかったから……全く知らなかったけれど。

確実に未来が変わっているんだと思うと……変化は嬉しい。

でも……代表挨拶とかは慣れなくて緊張する。……はぁ。

緊張するけど。毎日リリとラピスに練習を聞いてもらって、お墨付きをもらってるんだ！

大丈夫なはず！　自信をもつのよソフィア。

「うん、大丈夫。練習もいっぱいしたから」

「そうか、僕は舞台袖で応援してるよ」

ファーブル様はそう言うと私の頭をくしゃりと優しく撫でた。

「にょっ⁉」

思わぬ行動に、ビックリして声が裏返る。

「あっ……ありがとうございます」

ファーブル様とアレス様は生徒会役員として、この後お手伝いがあるらしく「準備があるからまた後でね」と二人は去って行った。

「さっ、フィア、僕達も行こう。折角早く来たのに、遅れたら意味がないからね……はぁ。ファーブルの奴ったらサラッと頭を触って……後で消毒しないとだな」

後半早口過ぎて何を言ってるか分からなかったけど、とりあえず「はい」と返事をする。

そしてアイザック様に手を引かれ会場に向かった。

入学式の会場はまるで海外にある美術館のような美しい外観をしている。

「わぁ……なんだか凄いですね」

「ふふ。そうかい？」

緊張しながらも、中に入り用意された席に座ると、さすが異世界の入学式！

思わずキョロキョロとしてしまうくらいに華やか。

まるで、アカデミー賞の発表を待つハリウッドスター達が座っている席みたいだ。

そうは言っても、テレビでしか見た事ないけれども。

華美な装飾がされた丸いテーブルの上には、飲み物とお茶菓子が置かれている。

このテーブルは四人席。私の両横にアイザック様とジーニアス様が座り、対面に一人女の子が座っている。その女の子とはもちろん初めまして。愛らしく、まるで天使みたいだ。

巻き戻る前にこんな可愛い女の子いたかな？　思い出そうとするけども、全く記憶にない。

屑ソフィアは、アイザック様以外の生徒には無関心だったから、いちいち覚えてなかったのよね。

相変わらず、巻き戻る前のソフィアの記憶は偏っている。

目の前に座る愛らしい少女は、プラチナブロンドで肩までのふわふわの髪の毛。クリッとした大きな瞳は、サファイアのように美しい。ついついポーッと見惚れていたら……

「フィアッ」

アイザック様が声をかけてくれて正気に戻る。

「見過ぎだよ……困ってるだろ？」

アイザック様がコソッと耳打ちしてくれる。

ふと見ると、目の前の天使は頬を染めプルプルと震えていた。

はうっ……なっ、なんて可愛いのー！

「……フィア」

またしてもアイザック様に注意され、私は心を落ち着かせようとテーブルに置かれているドリンクを飲んだ。……ふうっ。

「――これはデトックスティー……」

家で飲む物とは少し味は違うけど、学園にまでデトックスティーが浸透してる事が嬉しくって、つい頬が緩みにやけてしまう。

「くっ……」

「はわっ……」

「くはっ……」

何故かその姿を見た三人が手で顔を覆い固まってしまった。……なんで？

◇

「ちょっと待って！　この世界って、乙女ゲーム【聖なる乙女達と悪の女王】なんじゃ⁉」

それに気付いたのは、十歳の時。

お父様が私にこの国の王族や四大公爵家について教えてくれていたある日。

『ソフィア・グレイドル』という名前を聞いて、私――侯爵令嬢アイリーン・ヒロウナの脳内で何かが弾けた。

そして全く知らない女性の生涯の記憶が、脳裏に舞い込んできて、全てを思い出したのだ！

そう、前世の私は日本人だった。

前世でも美人だった私は、周りの女達から羨ましがられる存在だった。友達の恋人を奪ったり、カッコ良いと言われる男と付き合ったり、私に出来ないことはなにもなかった。

一番楽しかったのは何人もと並行して付き合った時。

ふふっ、男達が私を必死に取り合う様子が最高だった。

でも、ちょっとやり過ぎちゃったのよね。私は一人の男に顔を切られたことをきっかけに人前に出るのが怖くなって、引きこもりになったのだ。

その時にハマったのが乙女ゲーム。だって、逆ハーエンドとか最高じゃない！

中でも一番ハマったのが、【聖なる乙女達と悪の女王】。

そのゲームの中で、ヒロインよりも目立つ屑の中の屑！　それがソフィア・グレイドル。

SNSでトレンド入りするくらい嫌われていたキャラクターだ。ある意味、ゲームに登場する二人のヒロインよりも人気だったかもしれない。だから名前を聞いて前世を思い出したのかしら。

そう、このゲームはダブルヒロイン、平民と貴族それぞれのヒロインを選べるのも人気の一つだった。平民ヒロインが高難度で貴族ヒロインが低難度と、貴族ヒロインを選べば逆ハールートに行くのも簡単だった。

そして私は今、その低難易度の貴族のヒロイン！

侯爵家の令嬢、アイリーン・ヒロウナに転生していたのだ。

「やったーっ！」

もちろん目指すは逆ハールートよね。

だってこの世界の攻略キャラは、皆キラキラしてカッコいい。

特に一番人気のアイザック様は、全てのスチルが美しすぎて何度見惚れた事か。

それが現実で拝めるとか！　ヤバすぎでしょ。

【魔力測定の儀】で私は高い魔力数値を叩き出し、アイザック様に次いで二番目の魔力を持って魔法学園に入学するの！　ふふっ。

そこから私の無敵ストーリーが始まる……はずだったなのに。

十二歳になり魔力測定の儀が行われたけど、神官達の反応はイマイチ……何で!?　ゲームだと聖女様だと大騒ぎになったイベントだったんだけどな。なんか微妙にゲームと違う。

まぁいいや。十三歳から始まる魔法学園が大事だもんね！

ゲーム内の入学式でヒロインは、アイザック様の馬車に群がる生徒達に押されて倒れ込んでしまう。

そこでアイザック様に助けられ、エスコートされて一緒に会場に向かうのだ。

会場の席は魔力が高い順になっているので、私とアイザック様は隣同士。それに公爵家ジーニアス様、そして平民ヒロインが同じテーブルにつく事となるのだ。

席が隣になる事で、私とアイザック様は一気に仲良くなるという一番大事なところ！

なのにっ！　アイザック様と一緒に馬車から降りて来た女は、一体誰よっ！

あんなに綺麗な顔なら、覚えているはずなのに……どうしても分からない！

なんでその女をエスコートしてるの？　ヒロインは私でしょう？

私は、押されてないけど、自分からアイザック様に向かって飛び出て行った。

可愛くお詫びしたのに、アイザック様からの返事は「大丈夫、気してない」というもの。

余りにも素っ気ない返事。

そのままアイザック様は謎の女を連れて颯爽《さっそう》と歩いて行ってしまった。

嘘でしょう!?

まあいいわ。会場に入れば席が隣で話が出来るから……その時に仲を深めたらいいよね。

それにしても、リアルアイザック様はなんて美しいのっ！　あんなに綺麗な人見た事ない。

ああっ、なんの話をしようかな。などと楽しみに会場に入ったのに……

「はぁ？　なんで私だけテーブルが違うの!?」

こんなのおかしい。

平民のヒロインはゲーム通りの席に座ってるのに！　なんで私は魔力数値が五位の席なの!?

なによりもおかしいのは、アイザック様の隣でニコニコと楽しそうに話す知らない女。

許せないっ！　アンタ一体なんなのよ。邪魔なのよ！

苛立つけど式は淡々と進んでいく。

次は新入生代表挨拶だ。この挨拶をしてる時のアイザック様のスチルは最高に素敵だった……

だが、代表として席を立ったのは……！

謎の女だった。ちょっと待って？　今なんて言った⁉　聞き間違いじゃないよね⁉

「新入生代表ソフィア・グレイドル」

「はぁぁぁぁぁぁ⁉　なんでソフィアが痩せてるのよっ！」

会場にいる全ての人達がソフィアをウットリと見ている。

なんでアイツが⁉　屑の女王ソフィアはどこに行ったのよ⁉

◇

入学式は粛々と進んでいく。

学園長挨拶の後は生徒会長挨拶、生徒会長はアイザック様のお兄様、第二皇子ジャスパー様。

さすがはアイザック様のお兄様、挨拶も完璧だ。

この完璧なスピーチの後に、私が新入生代表で挨拶するのよね……ううっ、緊張してきた。

「ソフィア？　大丈夫だよ」

緊張を察したのか、アイザック様が手をギュッっと握りしめ安心させようとしてくれる。

そんな事されたら、今度は違う意味でドキドキする！

「新入生代表挨拶ソフィア・グレイドル嬢前へ」

ヒイッ、呼ばれた！

「はいっ！」

返事をして立ち上がり、その場で淑女《しゅくじょ》のカーテシーをすると壇上へと緊張しながら歩いていく。

周りの生徒達は私の歩く姿を見て響《どよ》めきが収まらない。

何？　何なの？　歩き方が変なの？　あんなに練習したのに。

「静粛《せいしゅく》にっ！」

生徒会長から注意が入るほど、生徒達の騒めきが凄かった。


——そう、皆ソフィアが歩く度にその美しさに目を奪われていたのだ。

少し緊張している姿が愛らしく、がんばれと応援するかのように、会場にいる生徒達は見つめていた。それを見たアイザックは舌打ちをし、ジーニアスは眉を顰め大きな溜息をついたが、ソフィアが気が付くことはなかったのであった。

そんな中私は、一人冷静を装いつつも、心の中はパニックになりかけていた。
なんでこんなに騒めくの⁉　何か変？　カーテシーが変だった？　歩き方？　何がダメなの？　分からないよー。だけれどもう後戻りできない。よしっ、挨拶するよ？
「皆様こんにちは。新入生代表挨拶をさせて頂きゅっ」
あわっ⁉　初っ端から噛んじゃった。こんな時は笑顔で笑って誤魔化して、何食わぬ顔で続けるのよ、ソフィア。

ニコリと微笑むと、再び会場がザワつく。

「はうっ、可愛っ……」

「ああっ……笑顔が美しすぎて目がおかしくなるところだった……」

「美しすぎるだろう」

「あのお人は妖精なんじゃなかろうか？」

「笑顔の破壊力がヤバすぎて……」

ええっ⁉　またザワついてる。笑顔では誤魔化せなかったの？

まともに挨拶も出来ない奴って思われた⁉

私がオロオロしそうになると、会場をから大きく手を叩く音が。その音で一気に静まり返る会場内。

「新入生の皆様。騒ぎたいお気持ちはわかりますが、せっかくの代表挨拶が聞こえません。静かにグレイドル嬢の挨拶を聞きましょう」

アイザック様がそう言うと、会場はシンッと静まり返る。

アイザック様、ありがとうございます。

よしっ！　気を取り戻して挨拶するぞ。

「新緑が目にあざやかに映る季節となる中、私たちは今日、この王立魔法学園の門をくぐりました。真新しい制服を身にまとい、これからの学園生活への期待や希望に胸を膨らませております。これ

からの五年間、魔法学園で過ごす日々の中で色々な事に積極的に取り組み、新たな経験を通し多くの事を得たいと思います――」

私が挨拶を終えると、歓声と拍手が巻き起こる。

うっ、嬉しいけれど、少し恥ずかしい。でも頑張って練習してよかった。

拍手喝采の中、緊張とパニックを抑えどうにか、私は席に戻って来た。

はぁーっ緊張した！　何であんなにザワついたの？　私どこか変だった？

「あのう……なぜあんなにも騒がしかったのでしょう？」

「ん？」

もちろん私が聞きたいのは、噛んじゃったのがバレていたか？　なんだけれど。

アイザック様は少し首を傾げニコリと笑うと「何か変な虫が飛んでたみたいだよ」と教えてくれた。

「あっ……なんだ、そうか。よかったー！　私が変な事したのかと思って！　心配しちゃった。ふふっ」

よかったぁ。虫さんのせいでザワついてたのね。

私が噛んじゃった事がバレて騒ついていたんじゃなくてよかったぁ。

ホッと安心した私は今日一番の笑顔で笑った。

「かはっ」

「ぐはっ」

「はうっ」

するとアイザック様とジーニアス様、それに目の前に座る可愛い女の子まで真っ赤な顔をして固まってしまった。

「くうう……フィアが可愛すぎて辛い」

「本当に……」

「同感です」

三人が私の笑顔に固まっていたなんて勿論分かるはずもなく、入学式での一大イベントを無事終える事ができてよかったと、ホッと胸を撫で下ろすのだった。

明日からの学園が本格的にスタートする。

楽しみであり、巻き戻る前の事を思い出すと、ドキドキと緊張もする。

みんなから嫌われるような事は絶対にしない。

目の前で笑うアイザック様たち、シルフィたちに、大好きな家族やグレイドル家のみんな、領民達……巻き戻ってから出会ったみんなとの幸せな未来のために。

楽しい学園生活にするんだ。

私はそう強く決意するのだった。

お人好し底辺テイマーが
SSS《ランク》聖獣たちともふもふ無双する
OHITOYOSHI TEIHEN TAMER GA SSS RANK
SEIJU TACHITO MOFUMOFU MUSO SURU
1~4
著
大福金
daifukukin
テイマーも聖獣も…最強なのにちょっと残念!?
このクセの強さ、
SSSSS《ランク》級!!!
アルファポリス
第1回次世代
ファンタジーカップ
「ユニーク
キャラクター賞」
受賞作!

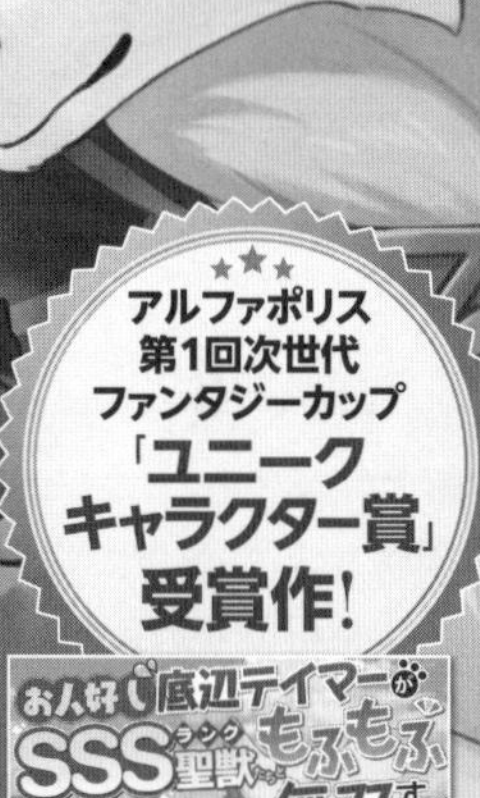

お人好し底辺テイマーが
SSS聖獣たちともふもふ無双する
大福金
グルメなグリフォン
天然なフェンリル
テイマーも聖獣も…
このクセの強さ、
SSSSS級!!!

新＊感＊覚 ファンタジー！

Regina レジーナブックス

レジーナブックス Regina

もうこんな家族なんていらない!?

可愛くない私に価値はないのでしょう？

青空一夏《あおぞらいちか》

イラスト：ウラシマ

フラメル商会の長女、グレイス・フラメル。両親は愛らしい容姿の妹を可愛がり、平凡な彼女は家族から虐げられる毎日を過ごしていた。ある日川で溺れかかっている少女を助けるが、そのせいで使いを果たせなかったと家族に罵られ、妹の婚約者から殴られてしまう。我慢の限界を迎え、出奔したグレイスは、美しい青年に声をかけられる。彼は妹を助けた人間を探しており、実は隣領の伯爵家の令息で……!?

詳しくは公式サイトにてご確認ください。

https://www.regina-books.com/

携帯サイトはこちらから！

新＊感＊覚　ファンタジー！

Regina レジーナブックス

レジーナブックス Regina

あなたには
愛想が尽きました

あなたの事は
もういりませんから
どうぞお好きになさって？

高《たか》瀬《せ》船《ふね》

イラスト：pokira

伯爵令嬢のミリアベルは、婚約者の浮気現場を目撃した上に、冤罪をかけられて婚約破棄されてしまう。愛する人に裏切られたミリアベルだったが、なんと聖魔法の才能が開花し、魔道士団の団長・ノルトの下に身を寄せることに。ノルトの優しさで自信を取り戻したミリアベルは婚約者に引導を渡しに行く。一方その頃、国では魔獣が大量発生しており、聖魔法の使い手は討伐への同行を要請されるが——？

詳しくは公式サイトにてご確認ください。

https://www.regina-books.com/

携帯サイトはこちらから！

新＊感＊覚　ファンタジー！

レジーナブックス Regina

レジーナブックス Regina

最強の親友たちと、
幸せになります！

地味だからと婚約破棄されたので、我慢するのをやめました。

神崎《かんざき》 葵《あおい》

イラスト：泉美テイヌ

かつて王兄を篭絡し、吟遊詩人と駆け落ちをした母親を持つ令嬢エミリアは、父から地味に生きることを強いられてきた。しかしその地味さゆえに婚約破棄をされた挙句、父親に酷く罵倒されてしまう。今まで言うことを聞いてきたのに！　と混乱のまま、家を出たエミリアは親友のミシェルの家に拾われることに。すると華麗で奔放な令嬢ミシェルが、今まで押し込められていたエミリアの美しさを解放していき――？

詳しくは公式サイトにてご確認ください。

https://www.regina-books.com/

携帯サイトはこちらから！

この作品に対する皆様のご意見・ご感想をお待ちしております。

おハガキ・お手紙は以下の宛先にお送りください。

【宛先】

〒150-6008 東京都渋谷区恵比寿4-20-3 恵比寿ｶﾞｰﾃﾞﾝﾌﾟﾚｲｽﾀﾜｰ 8F
（株）アルファポリス　書籍感想係

メールフォームでのご意見・ご感想は右のＱＲコードから、
あるいは以下のワードで検索をかけてください。

アルファポリス　書籍の感想　検索

ご感想はこちらから

本書は、「アルファポリス」（https://www.alphapolis.co.jp/）に掲載されていたものを、
改稿、加筆のうえ、書籍化したものです。

嫌《きら》われ者《もの》の【白豚令嬢《しろぶたれいじょう》】の巻《ま》き戻《もど》り。二度目《にどめ》の人生《じんせい》は失敗《しっぱい》しませんわ！

大福金（だいふくきん）

2023年 10月 5日初版発行

編集－加藤美侑・森 順子
編集長－倉持真理
発行者－梶本雄介
発行所－株式会社アルファポリス
〒150-6008 東京都渋谷区恵比寿4-20-3 恵比寿ｶﾞｰﾃﾞﾝﾌﾟﾚｲｽﾀﾜｰ8F
TEL 03-6277-1601（営業） 03-6277-1602（編集）
URL https://www.alphapolis.co.jp/
発売元－株式会社星雲社（共同出版社・流通責任出版社）
〒112-0005 東京都文京区水道1-3-30
TEL 03-3868-3275
装丁・本文イラスト－甲羅まる
装丁デザイン－AFTERGLOW
（レーベルフォーマットデザイン—ansyyqdesign）
印刷－図書印刷株式会社

価格はカバーに表示されてあります。

落丁乱丁の場合はアルファポリスまでご連絡ください。

送料は小社負担でお取り替えします。


ISBN978-4-434-32680-6 C0093